Олена Березовськ..

Дивовижні пригоди трупа на ім'я Джек

Книга 1

International Academy of Healthy Life

2025

Дивовижні пригоди трупа на ім'я Джек
Олена Березовська
Книга 1
180 с.

Видавець: International Academy of Healthy Life

Дивовижні пригоди трупа на ім'я Джек — це чорна комедія, що змусить вас сміятися від першої до останньої сторінки. Джек Раян, чоловік, який наробив більше клопоту мертвим, ніж живим, стає епіцентром низки абсурдних пригод у колоритному маленькому містечку, спричиняючи ланцюг подій, настільки кумедних, наскільки й дивовижних.

Наповнена яскравими персонажами, гострим гумором та несподіваними поворотами, ця історія досліджує, до яких крайнощів можуть дійти люди, лише б не помічати очевидного — навіть коли воно лежить на їхньому ґанку.

Олена Березовська — відома авторка, лікарка та оповідачка, що прославилася своїм унікальним поєднанням гострого гумору й глибокого розуміння людської природи. Спираючись на свій багатий досвід у медицині та психології, Березовська створює історії, що водночас змушують замислитись і дарують справжнє задоволення. Вона мешкає в Канаді, де продовжує писати, надихати та досліджувати найдивовижніші куточки життя й вигадки.

Зміст

Ніч, коли почалася історія

Після ситної різдвяної вечері гамірна компанія гостей тіснилася у великій кімнаті біля старого каміна, де весело потріскували дрова, час від часу викидаючи іскри, ніби намагалися приєднатися до святкування. Ледь відчутний запах диму додавав ще більше затишку. Будинок Джеральда та Марії Стівенсонів не бачив стільки людей вже багато років. Щороку список їхніх гостей таємничим чином розширювався — наче різдвяний кекс, який ніхто не міг доїсти, але який чомусь ставав більшим з кожним відкушеним шматком. І господарі були цьому тільки раді. Це стало улюбленою традицією: збиратися на Святвечір у Стівенсонів, багато їсти і сміятися ще більше.

Гості були найрізноманітніші — діти, внуки, правнуки, а також друзі, сусіди, друзі сусідів і одна-дві особи, яких ніхто точно не впізнавав, але з ввічливості ніхто й не питав. Не обійшлося й без містера Томпсона з сусіднього будинку, який щороку приносив свій фірмовий яєчний лікер (настільки міцний, що минулого року хтось навіть спробував його підпалити, вирішивши, що це бренді).

Але всі чекали головної події вечора, коли дядечко Джеральд, як його ласкаво називали, почне розповідати свої історії. І це були не просто оповідки, а такі, від яких люди сміялися до сліз, розливали напої, хапалися за живіт і зрештою падали на підлогу зі свистом і хрипами, наче спущена кулька. Ці розповіді стали легендарними — їх переповідали, перебільшували і щоразу прикрашали новими подробицями, аж поки вони не досягали цілковитої абсурдності. Гості зазвичай

3

засиджувалися до самого ранку, потім плленталися додому з червоними очима, але щасливі, щоб ще 364 дні згадувати кожен жарт і з нетерпінням чекати нової порції веселощів.

Дядечко Джеральд зручно всівся у своє улюблене шкіряне крісло біля каміна і задоволено буркнув, влаштовуючись, наче ведмідь, що готується до зимової сплячки. Його очі хитро блиснули, коли він обвів поглядом кімнату. У цю мить він і справді нагадував веселого Санта-Клауса, що замість мішка з іграшками прихопив флягу віскі та запас неймовірно кумедних історій.

— Ну що, друзі, — Джеральд усміхнувся, — хто готовий почути, як я застряг у каміні, намагаючись зіграти роль Санти?

Кімната вибухнула сміхом. Джеральд відкинувся назад і хитро підморгнув. Він ще навіть не почав, а всі вже були готові до довгого й веселого вечора.

— Дітлахів вже вклали спати? — запитав він, заглядаючи в сусідню кімнату.

— Так, так! Всі нагорі, в теплі та затишку, як жучки в ковдрі! — почувся голос.

Технічно ця кімната була вітальнею, але сьогодні вона більше скидалася на затишний хаос під контролем. Старші слухачі вмостилися на м'яких диванах, занурюючись у подушки з грацією досвідчених любителів відпочинку. Молодші ж розляглися на розкішному перському килимі, розтягнувшись, наче коти в сонячному промінні, займаючи кожен вільний сантиметр простору. Пані Стівенсон невтомно метушилася, роздаючи подушки та пледи, наче дбайлива господиня, що забезпечує своїх гостей усім необхідним на ніч.

— Матусю, у нас ще залишився пунш? — спитав Джеральд, лукаво блиснувши очима.

Марія розуміюче кивнула.

— Тоді несіть це святкове зілля! А якщо комусь хочеться чогось міцнішого — ром, лікер, що завгодно — хутчіше на кухню, поки я не почав!

— І яка ж історія цього разу, дядечку Джеральде? — вигукнув хтось із натовпу, нетерпіння наростало.

Марія скоса глянула на чоловіка й, усміхаючись, промовила:

— Ох, усе ті ж самі небилиці.

— Та ну тебе, мамо! Що за наклеп! — вигукнув Джеральд, удавано обурившись. — Я говорю лише правду, нічого крім правди! Ну… може, злегка прибріхую задля суспільного блага, звісно! Щоб було, так би мовити, слухабельніше.

— А яку історію ми почуємо сьогодні ввечері? — нетерпляче запитав чийсь голос.

— Повільніше, люди! Дайте мені хвилину зібратися думками, — пробурмотів Джеральд, відкинувшись назад, ніби закликав музу.

У кімнаті запанувала грайлива тиша — всі чекали, знаючи: справжня магія от-от почнеться.

Місіс Стівенсон підійшла до вікна й виглянула надвір. Завірюха лютувала на повну силу, сніг крутився, немов сама природа приєдналася до святкувань.

— От і справжня різдвяна погода. До ранку снігу буде по коліна. Тож, Джеральде, розповідай щось довге й захопливе — в таку хуртовину ніхто з дому не вийде, — сказала Марія напівжартома.

— На Різдво завжди є сніг! — озвався хтось із задніх рядів.

Очі Джеральда раптом широко розплющилися, зіниці заіскрилися, ніби він під'єднався до якогось невидимого джерела енергії. Це був знак — усім добре знайомий. Значить, історія починається: з неочікуваними поворотами, скаженими прикрасами й сміхом до сліз.

— А от і ні! Було одне Різдво — незабутнє, між іншим, — без жодної сніжинки! Навіть без морозу! — урочисто промовив Джеральд, театрально вказуючи на стелю, ніби виголошував космічний жарт. — Аномалія природи, кажу вам! І знаєте чому? Бо саме того дня... Джек помер.

У кімнаті пішов гул:

— Джек? Який ще Джек? І до чого тут Різдво?

Джеральд нахилився вперед, очі горіли очікуванням:

— Я вам усе розповім. Про Джека і про те, що з ним сталося напередодні Різдва. Це правдива історія — такої ви ще не чули!

Сюзанна, дочка Джеральда, склала руки на грудях і скептично озвалася з дивану:

— Якщо Джек помер, то якось не дуже різдвяна це історія, тату. Може, краще щось веселеньке?

— Тихо, всі! — гаркнув Джеральд, змахуючи руками, мов диригент, що зупиняє оркестр. — Сьогодні буде лише одна історія! Не подобається — двері он там!

У кімнаті прокотився хвилеподібний смішок, але ніхто навіть не поворухнувся. Усі знали правила: якщо дядько Джеральд почав розповідати, сиди і слухай. Чим закінчиться — хтозна: може, пригодами, може, повною нісенітницею, а може — неочікуваним фіналом, що змусить реготати до ранку.

Марія вмостилася на дивані, зітхнувши з задоволенням і закутавшись у ковдру. Надворі вив вітер, а в будинку — потріскував вогонь, і голос Джеральда наповнював простір передчуттям вечора, який ніхто не забуде.

— Отже… — промовив Джеральд, потираючи руки, як фокусник перед головним трюком. — Зараз ви почуєте про Джека… і про Різдво без снігу.

У деяких на обличчях промайнуло легке розчарування: піднялися брови, хтось зітхнув. Усі зручно вмостилися, готові до будь-яких поворотів, вибриків і відхилень.

7

— Ну що ж… — знову озвався Джеральд, з паузою, що натягувала напругу, оглядаючи всіх, переконуючись, що ніхто не зірветься з місця. — Готові?

Посмішка повільно розтягнулася на його обличчі.

— Тоді… поїхали!

Він плеснув у долоні з ентузіазмом дитини, що от-от розгорне подарунок, а з глибини кімнати хтось прошепотів:

— Пристебніться, народ. Це надовго.

Усі засміялися, хтось підсунув подушку, хтось долив напій.

Якою б не була ця історія — вона точно буде божевільною подорожжю.

І саме в цю мить почалася пригода.

Джек Раян і свята трійця

Ніхто вже й не пам'ятає, коли саме це сталося — десять, може, п'ятнадцять років тому. Та історія й досі жива, передається з вуст в уста. Мало хто знає, що насправді тоді трапилося. Але ваш покірний оповідач зібрав уривки спогадів від тих, хто був поруч, і склав з них цю химерну й дещо неймовірну розповідь.

Того року зима видалася дивно м'якою — зовсім не такою, до якої звикли місцеві. Старожили вдивлялися в небо й бурмотіли, що мороз запізнюється, як ненадійний гість. Хтось радів: менше снігу — менше лопат. А дехто нарікав, що Різдво без снігу — як торт на день народження без свічок. У повітрі віяло тривожним передчуттям: щось було не так.

Одного ранку Джек Раян вийшов на ґанок — як завжди, з похмурим виглядом — аби зробити те, що вмів найкраще: зиркати на світ з огидою й шукати, на що б поскаржитись. Його погляд одразу впав на будинок по сусідству, де мешкали три літні сестри Фентон. Вже багато років Джек вів з ними негласну війну. Ніхто не пам'ятав, з чого все почалося — можливо, з грабель, які хтось позичив і не повернув. Але Джек був із тих, хто тримає образу так, наче вона винна йому гроші.

Джек Раян не ладнав ні з ким. Ввічливість була йому чужа. Колись, у далекі часи, він мав певний шарм, але дружина втекла ще тоді, коли він його не встиг остаточно втратити. Відтоді його обличчя застигло в хронічній гримасі незадоволення, ніби його улюблена команда вкотре програла чемпіонат. Улюблене заняття — чіплятися до всього. Скажеш: «Який гарний блакитний сьогодні небосхил», — а він у відповідь буркне: «То ж воно, небо, сіре, вицвіле й жалюгідне».

Ніхто достеменно не знав, чим Джек займається цілими днями. Служив у війську до сорока п'яти років, а потім повернувся додому з пораненням і пішов на пенсію за інвалідністю. Дружина пішла приблизно в той же період. Повернувшись, Джек оселився у батьковому домі. Той помер невдовзі, залишивши сина наодинці з минулим і надміром вільного часу.

Військова пенсія дозволяла жити без турбот. Тож Джек віддався справі всього життя — критикувати все й усіх. У нього не було захоплень, окрім суперечок. Цілими днями він блукав містом, мов детектив, що розслідує справи рівня «перекошений паркан» або «бур'яни на клумбі». Джек вказував на недоліки гучно й обов'язково так, щоб було чути всім навколо. З часом люди навчилися його ігнорувати, як неякісну радіостанцію, яку ніяк не вимкнути, але можна просто не слухати.

Єдиними, хто ніколи не ігнорував Джека, були сестри Фентон. Вони не здавалися без бою — і перетворили їхню ворожнечу на справжню місцеву легенду. Порівняно з ними, Гетфілди й Маккої здавалися дилетантами. Джек називав сестер «найдокучливішими старими курками в усьому містечку»; натомість вони наполягали, що він — «злопам'ятний старий ворон, у якого забагато вільного часу». І треба сказати, обидві сторони мали рацію, що лише додавало їхнім баталіям видовищності.

Попри буркотливу вдачу та вибуховий характер, Джек ніколи й пальцем нікого не торкнувся — навіть не

10

штрикнув. З часом люди звикли до його лайливих монологів і навчились обходити його, як вибоїну на дорозі. Уникати Джекових тирад стало місцевим мистецтвом, а тим, хто оволодів ним, залишалося лише радіти дрібним перемогам.

І от тієї дивної, безсніжної грудневої днини Джек стояв на своєму ґанку, склавши руки на грудях і не зводячи очей із будинку сестер Фентон. Він ще не знав, що саме цього дня розпочнеться історія, яку містечко пам'ятатиме довіку. Бо, як незабаром дізнаєтесь, навіть смерть не здатна зупинити Джека Раяна, коли він у настрої дошкуляти.

Джек примружився, вдивляючись у безкінечне сіре небо, бурмочучи щось собі під ніс. І саме тоді, коли вже збирався повернутися до хати, в повітрі з'явився аромат, що підкрадався до нього, дражнячи нюх.

Свіжа випічка.

Він блиснув очима у бік будинку сестер Фентон.

— Знову ці відьми за своє! Думають, зведуть мене з розуму своїми тістечками? Я їм покажу!

Близько сімдесяти років тому, плюс-мінус (бо в нашому містечку з точністю дат усе складно), батько Джека придбав велику ділянку на пагорбах. Він збудував два будинки: один — для сина, інший — для доньки. Джекові дістався так званий «чоловічий дім» — суворий, без прикрас, із шармом бетонного бункера. А «жіночий дім» був справжньою окрасою: витончена вікторіанська вілла з білими колонами, карнизами та балконами, різьбленими з такою майстерністю, що здавалися витканими з мережива. За словами старожилів, ці декоративні елементи створив власноруч сам батько Джека, знаний у ті часи різьбяр по дереву. Його майстерність стала ще одним міфом у скарбничці місцевих переказів.

Коли Джек повернувся з армії, він оселився в чоловічому домі, а вікторіанський особняк переважно пустував — його іноді здавали в оренду подорожнім. Сестра ж не збиралася повертатися: ще в юності вона втекла з дому, вийшла заміж за хіпі й перебралася до Австралії — вирішила, що з кенгуру ладнати легше, ніж із братом.

Через багато років, після смерті батька, вона ненадовго приїхала — лише на читання заповіту. Наступного ж дня продала вікторіанський дім трьом сестрам Фентон — за таку низьку ціну, що її легко можна було сплутати з різдвяним розпродажем. І вже наступного ранку вона сіла на перший рейс назад до Австралії, не попрощавшись і не обернувшись. Подейкують, що вона навіть не стала пакувати валізу — аби тільки не чути Джекового вереску про «зраду». Відтоді її ніхто не бачив і не чув. Та, правду кажучи, ніхто її й не засуджував.

Так Джек опинився не лише покинутим дружиною й відчуженим від сестри, а й приреченим жити поруч із трьома літніми сусідками, які, як йому здавалося, пекли смачну випічку виключно для того, щоб зводити його з розуму.

Сестри Емілія, Абіґейл і Вероніка з'явилися в нашому містечку у розквіті сил — щойно після завершення педагогічного коледжу. У місцевій школі гостро бракувало вчителів, і раптом — ось вони: три розумні, енергійні дівчини, готові нести світло освіти в маси. Чи були вони трійнятами — ніхто не знав, та й зовнішньо не були схожі, тож розрізнити їх було легко. Емілію вважали мозковим центром тріо, Абіґейл постійно сміялася, а Вероніка мала емоційну стабільність героїні мильної опери — легко лякалася й завжди була на межі сліз.

Багато років сестри жили спокійним, гідним життям незаміжніх панянок — аж поки одна поїздка до великого міста не змінила все. Під час візиту вони познайомилися з трьома морськими офіцерами, чиє судно саме ремонтували в порту. Любов спалахнула швидше, ніж можна було вимовити «Повний вперед!» — і сестри вийшли заміж. В один день, усі троє. Але доля, як завжди, вирішила драматично втрутитися. Їхнє подружнє щастя тривало недовго — корабель зник під час військової операції десь у Тихому океані чи в іншому проблемному місці на мапі.

Після належного трауру (або принаймні настільки довгого, наскільки вони могли витримати носити чорне), сестри уклали урочисту угоду: житимуть разом до кінця життя й більше ніколи не вийдуть заміж. «Чоловіки — то зайвий клопіт», — нібито сказала Абіґейл між приступами сміху.

У містечку сестер лагідно й трохи жартома називали «святою трійцею». Їх обожнювали майже всі. Їхній кулінарний талант, особливо славнозвісна випічка, став частиною місцевого фольклору. Якщо в місті щось відбувалося — чи то репетиція церковного хору, чи щорічний фестиваль — сестри й їхні солодощі там були.

Їхня кухня була маяком для всіх, хто шукав безкоштовного частування, і багато гостей з'являлися без попередження, сподіваючись на печиво або шматочок пирога. Сестри майже нікому не відмовляли, щедро годуючи і людей, і місцевих підлітків.

Усі любили сестер. Усі — окрім Джека.

Джек ненавидів своїх сусідок із пристрастю, яку зазвичай залишають для лиходіїв із серіалів або мультиплікаційних суперворогів. У його переконанні, земля, на якій стояв вікторіанський будинок сестер, досі належала йому — технічно, батькові, але це була дрібниця. Той факт, що сестра продала її трійці за, як йому здавалося, «жалюгідні копійки», був для нього не інакше як державна зрада.

Переконаний, що продаж був незаконним, аморальним і, можливо, проклятим, Джек розпочав невпинний хрестовий похід, щоб скасувати угоду. Він стоптав усі бюрократичні кабінети в окрузі, подавав скарги й усюди справно псував настрій. Його «боротьба за справедливість» не принесла йому жодного друга, зате подарувала місцевим чиновникам чимало анекдотів для вечірніх посиденьок. Але всі зусилля Джека завершилися хіба що купою відмов і ще більшою антипатією містян.

Якщо Джек сподівався, що його злоба налякає сестер, то він серйозно помилявся. Вони спокійно займалися своїми справами — пекли пироги й торти, немов його істерики були фоновим шумом. А може, навіть отримували з цього певне задоволення. Іноді одна з них простягала йому через паркан печиво з веселою усмішкою:

— Не хочемо, щоб ви почувалися обділеним, Джеку!

Це, звісно, лише розпалювало його лють. У його хворобливій уяві кожен пиріг на підвіконні був актом агресії, а кожен булочний завиток з корицею — знущанням із його авторитету.

— Ці старі карги відгодовують усе місто на зло мені! — бурчав Джек, склавши руки на грудях і з ненавистю зиркаючи на будинок сестер. — Спочатку вони вкрали землю, а тепер топлять мене в тісті.

Та сестри не просто пекли — вони процвітали. Їхній вікторіанський дім став осередком тепла й гостинності, наповнений сміхом, ароматами і плітками. А Джек, тим часом, понуро животів у своїй похмурій аскетичній халупі по сусідству, бурмочучи щось про «несправедливість» і вигадуючи нові способи повернути те, що, як він вважав, належало йому по праву.

Їхня війна з сестрами Фентон стала однією з головних розваг у містечку — поступалася вона хіба що щорічному конкурсу з поїдання пирогів, організованому, звичайно ж, самими сестрами.

Так і було окреслено лінії фронту. З одного боку — три вдівчині-пекарки, від солодощів яких ніхто не міг відмовитися. З іншого — буркотливий старий солдат, який не вмів прощати і був готовий доводити все місто до сказу, аби лише повернути собі землю.

Ніхто ще не здогадувався, що це безсніжне Різдво стане кульмінацією їхньої ворожнечі — і водночас початком історії, яку в цьому містечку розповідатимуть іще багато поколінь. Бо, як часто буває, доля мала свої плани. І той ранок для Джека Раяна був зовсім не звичайним.

Це був день, коли його війна з сестрами раптом пішла зовсім не тим шляхом, яким він сподівався. І, як ви незабаром дізнаєтесь, навіть смерть не зупинила його впертої, запеклої образи.

Падіння сердитого велетня

Коли Джек сердито проходив через подвір'я до будинку сестер, його гострий погляд упав на акуратно складені дерев'яні дошки біля бічної стіни. Темне передчуття охопило його: чутки про паркан, який має розділити подвір'я, більше не були плітками. Вони ставали реальністю. Якщо сестри справді поставлять паркан посеред того, що він досі вважав своєю землею — батьковою — усе буде зіпсовано. Кінець маршам через їхні клумби, мов розлючений генерал у дозорі. Кінець недбало кинутим недопалкам під вікна з подальшими звинуваченнями уявних підлітків, які насправді не існували.

Джек стиснув кулаки. У грудях закипіла лють, наче бик побачив червону тканину тореадора, що насмішкувато маячила перед носом.

Тим часом Емілія, Абігейл і Вероніка щойно закінчили черговий кулінарний сеанс. Вони обережно виклали підрум'янені еклери на велику тарілку й накрили скляною покришкою, щоб ласощі залишалися м'якими й свіжими. Обмінялися задоволеними поглядами — і тут гучне БАБАХ пролунало по всьому будинку. Хтось гримав у вхідні двері.

— Відчиняйте, старі корови! — загримів з іншого боку Джеків голос.

Сестри підскочили — диво, що не перекинули тарілку з еклерами. Вероніка зойкнула, її чашка впала з рук і розсипалась по кухонній підлозі, розбившись на друзки, як дрібно потрощене нещастя.

Трійця збилася до купи біля дверей, шепочучи гарячково. Після короткого обміну поглядами найсміливіша з них, Емілія, склала долоні рупором і гукнула:

— Тут нікого немає!

— Не грайтеся зі мною, ви, нещасні дурепи! — заревів Джек, гупаючи ще дужче. — Відчиняйте, бо виламаю двері з петель!

Сестри завмерли на мить, обмінялися переляканими поглядами — і без жодного слова кинулись нагору. Їхні кроки лунали, наче тупотіння цілого табуна. Кожна залетіла у свою кімнату й грюкнула дверима.

Їхні спальні були однакові до деталей — ті самі шпалери, однакові ліжка, однаково виставлені меблі. У кожній стояв маленький телевізор, бо спроби дивитись щось разом у вітальні незмінно закінчувались сварками через вибір каналу. І все ж, замкнувшись у своїх кімнатах, усі троє зазвичай дивилися ту саму програму — в тиші, на різних екранах.

Єдина відмінність між їхніми кімнатами — це особисті дрібниці на тумбочках: у кожної стояла в рамці світлина покійного чоловіка — сумне нагадування про той день, коли море забрало їхніх коханих. Хоч ці портрети символізували вічне кохання, сестри частенько жартували, що принаймні в смерті їхні чоловіки вже не сперечаються.

А тим часом унизу Джек продовжував люто гатити у вхідні двері, наче диригував симфонією гніву. Здавалося, будинок тремтів під натиском.

— Думаєте, зможете мене проігнорувати, старі курки? — бурчав Джек. Його удари не вщухали. Вікна дзвеніли, а петлі скрипіли, наче жалкували про своє існування.

На другому поверсі сестри обережно визирали з-за мереживних фіранок, перевіряючи, чи Джек бува не зник.

— Це все через еклери, — прошепотіла Абігейл, похитуючи головою. — Чоловіки на все здатні заради солодкого.

На ганку Джек ходив туди-сюди, мов кіт, якого не пустили до хати. Він втупився у двері, зціпивши кулаки, дихаючи важко й уривчасто. Ідея з парканом свербіла в його голові, як свербіж, що неможливо подряпати.

— Якщо вони зведуть цей паркан — прощавай моїм маршам через клумби! — пробурмотів Джек з гіркотою. — Замкнуть мене за бортом! Кінець недопалкам під вікнами, кінець садовим диверсіям... До біса все! — Його лють знову спалахнула. Він гепнув кулаком востаннє, аж дверна рама задрижала.

У кімнаті Емілія сперлась головою об двері й зітхнула:

— Якщо ми його ігноруватимемо ще трохи, може, просто вибухне.

Вероніка сиділа на краю ліжка, міцно стискаючи подушку.

— А якщо він не піде? — прошепотіла, прикусивши губу.

Ця думка викликала у трьох приглушений напад сміху, заглушений дверима.

На подвір'ї Джек ще раз важко зітхнув і кинув останній погляд на складені дошки.

— Паркан, кажете? — буркнув він. — Побачимо, як воно буде.

З останнім зловісним бурмотінням Джек нарешті пішов, знову щось змовницьки бурмочучи собі під ніс. Він програв цей раунд, але у його голові війна тільки починалась.

Коли хвіртка голосно дзенькнула, зачиняючись за ним, сестри обережно повилазили зі своїх кімнат, з полегшенням і тріумфом обмінюючись поглядами. Емілія зазирнула вниз.

— Пішов?

— Пішов, — підтвердила Абіґейл із усмішкою. — Поки що.

Вероніка театрально витерла чоло.

— Слава Богу. Я вже думала, доведеться знову викликати поліцію.

— Не потрібно, — промовила Емілія з лукавою посмішкою, піднімаючи кришку з еклерів. — Війна ще не закінчена, але битви завжди легші після десерту.

І з цими словами сестри вмостилися за кухонним столом, озброєні еклерами й непохитною впевненістю в тому, що незалежно від того, що Джек Раян вигадає наступного разу, вони все одно будуть на один тістечковий крок попереду.

Джек не встиг відійти й на десяток кроків, як злість знову шарпнула його назад, мов рибальський гачок. Кулаки пульсували після недавнього гатіння. Ще один удар болісно відгукнувся в кісточках. Він роздратовано схопився за дверну ручку — і вона легко повернулась у руці.

Двері були відчинені. Як і слід було очікувати. У цьому містечку ніхто не замикався — ні вдень, ні, бувало, навіть уночі. Джек вилаявся, роздратований тим, що даремно витратив сили, і грубо ступив усередину. Старі дерев'яні підлоги зойкнули під його важкими чоботами, кожен скрип відлунював у такт бурі, що вирувала в ньому самому.

— Де ви ховаєтесь?! — заревів він, і його голос покотився луною по кімнатах. — Дару не буде, коли я вас знайду!

З кухні долинув аромат свіжої випічки, що змусив його шлунок зрадницьки забурчати.

— Немає потреби кричати, Джеку, — озвалась Емілія, голосом легким і грайливим.

Джек різко розвернувся в бік кухні — і побачив її, як вона спокійно сидить за столом, піднімаючи скляну кришку з тарілки еклерів з лукавою усмішкою.

Обабіч неї сиділи Абіґейл і Вероніка, кожна з тістечком у руці й тим незворушним, зухвалим спокоєм, який буває лише в тих, хто вже виграв битву — принаймні, на цей момент.

Шлунок Джека знову голосно буркнув, цього разу ще гучніше. Абігейл примружилась із насмішкою.

— Хочеш один, Джеку? Може, допоможе охолонути.

Він метнув на них злий погляд, кулаки стислись — він намагався не піддатися звабі еклерів.

— Я прийшов не жерти, — прогарчав він. — Я прийшов забрати назад свій дім!

— Забирайся з нашого будинку негайно! — промовила Емілія голосом, який несподівано набув неприродньої строгості.

— Вашого дому?! — вибухнув Джек. — Це дім мого батька, а отже — мій дім! Те, що ви надурили мою сестру, не означає, що ви надурите й мене!

Емілія неквапом відкусила шматочок еклера й, не зводячи з нього очей, знизала плечима:

— Ми живемо тут вже понад тридцять років. Купили законно, за всіма правилами. Може, час уже припинити цю війну й знайти якусь спільну мову?

Джек знову скривився, вже відкриваючи рота для чергової тиради, але сестри швидко перекинулись поглядами — тими самими мовчазними, синхронними й зухвало-спільниками, що доводили його до сказу.

Тоді, не змовляючись, вони встали з-за столу, еклери — все ще в руках, — і повільно, граційно рушили до сходів. Цей спокій у їхніх рухах тільки сильніше розпалював Джекову лють. Вони навіть не обернулись, ніби він — лише дрібна прикрість.

— А що це ви задумали? — кинув він.

— Насолоджуємося краєвидом, — відгукнулася Абіґейл через плече.

— І плануємо твоє падіння, — весело додала Вероніка.

Тріо зникло нагорі, і слідом за ними потягнувся їхній сміх — легкий, зухвалий, переможний. Джек вибухнув: його лють досягла межі. Вгамувавши еклерну спокусу, він гепав слідом, ледь не зриваючи сходи з петель.

— Яке там "затишок"?! — кричав він, піднімаючись. — А як щодо тих дощок?! Думаєте, я не зрозумів, що ви плануєте звести паркан і вкрасти мою землю?! Та тільки через мій труп!

Сестри не поспішали. Кожна неквапом зайшла до своєї кімнати, двері тихо рипнули, троє веселих поглядів з'явилися у щілинах, і — грюк! — усе зачинилося саме в той момент, як Джек із гупотом досяг верхнього поверху.

Задиханий, він застиг у коридорі, стиснувши кулаки. Важке дихання лунало в тиші, а злість гнала пульс до скронь.

— Через мій труп! — заволав він, потрясаючи кулаком у порожнечу. — Ви чуєте?! Ви ніколи не зведете цей клятий паркан і не зіпсуєте мій краєвид! Поки я дихаю — не буде цього!

23

На кілька секунд запала мовчанка. А тоді з-за одних дверей прорвався приглушений хіхіт — тихий, як змова, але гострий, як шпилька.

І наче доля хотіла підсипати ще солі на рану — знизу долинув солодкий запах еклерів. Теплий, ніжний, з присмаком зради. Шлунок Джека знову зрадницьки буркнув.

— Чорт забирай, — пробурмотів він. — Вони, мабуть, уже все зжерли.

По той бік дверей сестри притиснулись вухами до дерева, уважно вслухаючись у кожен скрип і кожен крок їхнього лютого ворога. Кожне порушення тиші змушувало їх здригатися.

— І якщо ви знову покличете всю ту навалу залицяльників і шанувальників на це Різдво, — заревів Джек, — і якщо ще раз заведете свої дурнуваті колядки на всю ніч — я вам влаштую Варфоломіївську ніч, яку ви ніколи не забудете! І не смійте залишати ці ваші безглузді вогники на тому страховиську, що ви називаєте ялинкою! Через ваше чортове світло я не можу спати!

— Але ж… твої вікна спальні навіть не виходять на наш будинок! — наважилась озватися Емілія, голос якої був тихим, але твердим.

Джек фиркнув із презирством. Він і не мав на увазі традиційне дерево. Йшлося про великий, розлогий ялівець біля хвіртки сестер. Вони щороку прикрашали його гірляндами та іграшками, бо не морочилися з "нормальною" ялинкою. І хоч для них у цьому була особлива чарівність, для Джека це було знущання над усім, що мало бути впорядкованим і пристойним.

— Тихо! — заревів Джек. Його роздратування досягло межі — як його закляті вороги могли ховатися, наче боягузи, змушуючи його кричати в пустий коридор? Він почувався ідіотом, що веде суперечку з замкненими дверима.

Та раптом його осяяло. А чому б не скористатися ситуацією, якщо ті забарикадувалися, мов перелякані курки? Шлунок із вдячним бурчанням нагадав про свіжі еклери на кухні.

— А чому б і не поснідати? — пробурмотів він, потираючи живіт. — Яка ж це війна на голодний шлунок?

У кожній кімнаті сестри припали вухами до дверей, намагаючись розчути хоч якийсь звук. Але в домі панувала тривожна тиша — ні попередження, ні полегшення.

І тут… тяжкі кроки … А потім — оглушливий гуркіт.

Будинок здригнувся, наче його струсонув землетрус. Стіни застогнали, вікна задзеленчали, а люстра розгойдалась над головами, мов маятник перед катастрофою. Шум був нестерпним, як кам'яний обвал, що зривається згори й зносить усе на шляху.

А далі — раптова тиша. Гнітюча, мертва, неприродна. Така, що змушує подумати: а чи не настав кінець світу?

Жодна з сестер не наважувалась поворухнутись. Із серцебиттям у вухах вони обмінялись напруженими поглядами крізь щілини дверей. Чи стоїть ще дім? Чи тільки що вони стали свідками його останніх хвилин?

Нарешті, переборовши страх, вони відімкнули двері й обережно визирнули. Стіни — цілі. Жодних тріщин, жодних уламків. Але коли вони підкралися до поруччя на сходовому майданчику й нахилились униз…

…те, що вони побачили, змусило їх мимоволі податися назад.

У підніжжі сходів, розкинувшись біля вхідних дверей, наче ганчір'яна лялька, лежав Джек. Здавалося, що він злетів з другого поверху й гепнувся об підлогу лицем вниз, так і не дійшовши до виходу. Його кінцівки розлізлись у всі боки, мов у якогось моторошного снігового ангела, якого створив не Бог, а чорт. Він не ворушився — руки й ноги розкинуті абияк, і годі було сказати, чи він дихає… чи просто маринується у власному соромі.

Сестри завмерли, мов закляті, втупившись униз. Мовчанка тягнулась, як гумка, ось-ось мала лиснути.

Губи Абіґейл почали сіпатися. Вона намагалася стриматись, але з її грудей вирвався смішок — дзюркотливий, немов бульбашки у пляшці з лимонадом.

— Він що… впав? — прошепотіла вона крізь сміх, ледве переводячи подих.

Вероніка витирала сльози з очей, плечі її тремтіли від стримуваного реготу.

— Схоже, він намагався полетіти, — сказала вона, захлинаючись у новому нападі сміху.

Емілія вхопилася за поруччя, її обличчя застигло десь між здивуванням і розвагою.

— Я ж казала, еклери його доб'ють, — пробурмотіла вона, кусаючи губу, щоб не зареготати вголос.

Тим часом Джек лежав нерухомо біля підніжжя сходів — переможений титан, звалений власною люттю… і, можливо, трохи гравітацією.

— Нам треба… перевірити, чи він живий? — спитала Вероніка крізь сміх, витираючи очі рукавом.

Абігейл похитала головою, все ще посміхаючись.

— Та нічого з ним не буде. Такі, як він, завжди відскакують… згодом. Шкода тільки, що ми не бачили, як саме він впав.

Вона витерла останні сльози сміху, намагаючись вирівняти дихання.

— Що ж нам тепер робити? — запитала Вероніка, стискаючи руки в тривозі.

— Джеку! — гукнула Емілія згори. — Ти там спиш чи вже відкинув копита?

— Ееее… Що ми будемо робити? — видала Вероніка пронизливим писком.

— Обидві замовкніть! — рішуче кинула Емілія, метнувши на сестер втомлений погляд. — Можливо, старий чорт просто знепритомнів. Треба перевірити. Якщо він дихає — доведеться викликати доктора Шварца.

— Зачекай! — зойкнула Вероніка й схопила Емілію за руку, коли та вже рушила сходами. Вона метнулась до своєї кімнати, а за мить повернулась, тримаючи в руці великий кухонний ніж, стискаючи його, наче воїн перед останнім боєм.

— Безпека понад усе! А якщо він удає?

Щелепа Абіґейл опустилась.

— Вероніко! — вигукнула вона. — Я шукала той ніж два роки! Перелопатила всі чужі кухні, підозрювала кожного! Я вже думала, що його вкрала місіс Міллер — та, що в'яже шарфи для бездомних котів!

Вероніка засопіла, ніж злегка тремтів у її руці.

— Я ж для самозахисту… Ви мені навіть пістолета не дозволили! А моя кімната — найближча до його хати!

— Зараз не час! — відрізала Емілія, притискаючи пальці до перенісся. — Ходімо вже, з цим треба закінчити.

Три сестри зібралися й рішуче рушили вниз сходами, їхні різношерсті капці голосно ляпали по старому дереву. Дійшовши до передпокою, вони зупинились і втупились у Джекове громіздке тіло. Він лежав, розпростертий, як повалений дуб, руки й ноги розкидані в усі боки, немов він спробував вистрибнути з дому — і зазнав феєричного фіаско.

Сестри мовчали, здивовані й трохи розгублені. У їхніх очах змішались недовіра, легка тривога… і цікавість.

Емілія опустилася навколішки біля Джека, приклала два пальці до його товстої шиї й обмацала зосереджено — так, ніби шукала відірваний ґудзик. За мить вона підвела очі й спокійно мовила:

— Ага. Мертвий.

— Ти впевнена? — запитала Вероніка, очі її округлились. — Може… може, його ще трохи потикати? Для певності?

— Ні! Прибери той ніж, поки когось із нас не порізала! — гаркнула Емілія. — Він мертвий.

Абігейл легенько штовхнула Джекове тіло носком капця.

— Ну, принаймні, не зачепив вішалку для пальт, — буркнула вона. — А то її ремонтувати — ще той морок.

На диво, жодна з сестер не виглядала надто враженою присутністю бездиханного чоловіка посеред передпокою. Навпаки — ситуація здавалася навіть трохи… розчаровуючою.

— То що тепер? — запитала Вероніка, неохоче опускаючи ніж.

— Сніданок, — заявила Емілія, струшуючи з рук уявний пил. — Еклери нас чекають.

Сестри обмінялися змовницькими поглядами й не поспішаючи повернулися на кухню з тією ж неспішною впевненістю, з якою залишили її. Зрештою, навіщо дозволяти якомусь мертвому сусідові псувати чудовий сніданок?

Емілія налила собі свіжу чашку чаю, й вони сіли за стіл. Сміялися, хрумтіли еклерами — і були цілковито переконані: що б там не планував Джек Раян (якщо взагалі щось планував), вони все одно завжди будуть на крок — і на один еклер — попереду.

— То що нам робити з тілом? — буркнула Абіґейл, схрестивши руки. — Цей старий козел навіть не спромігся померти у власній хаті!

— Закопаємо його у дворі, — запропонувала Вероніка таким тоном, ніби мова йшла про посадку півоній. — Після настання темряви, звісно.

— Закопаємо?! — обурилась Емілія. — Ти що, глузду втратила? Ми викличемо поліцію й усе розкажемо шерифу Моррісу.

— А якщо нас посадять? — захвилювалася Абіґейл, ламаючи руки. — Або ще гірше — подумають, що ми його прибрали! Станемо тими самими "сестрами", про яких потім усі роками шепочуться. Місто нас не забуде. Але не так, як хотілося б.

Вероніка ахнула, її очі широко розплющились.

— А якщо вони знайдуть мій ніж? Скажуть, що це я! Я ж знала, що треба було купити той пістолет!

Емілія закотила очі:

— Заспокойтесь. План такий: кажемо, що ми вийшли прогулятись, а коли повернулись — він уже лежав тут, біля дверей. Як він сюди потрапив? Без поняття. Може, намагався поцупити еклери, послизнувся — й ударився головою. І справа закрита.

Обличчя Абігейл розцвіло:

— Емілїє, ти геніальна! Просто наша особиста Агата Крісті. Авжеж! Він лежав біля дверей — чому ж ми одразу до цього не додумались?

Вероніка кивнула з урочистою рішучістю:

— А якщо запитають про ніж, скажу, що пекла хліб. Великий. Небезпечний.

Задоволена злагодженим планом, Емілія гордо підійшла до телефону й зняла слухавку. Після кількох роздратованих клацань і тиші в лінії, вона зітхнула й зі злобою гримнула слухавкою по апарату.

— Чудово. Телефон знову не працює. Значить, доведеться йти в поліцейську дільницю пішки.

— Звичайно, він зламався, — пробурмотіла Абігейл. — Варто лише з'явитись трупу — і техніка помирає першою.

— У будь-якому разі нам потрібен шериф Морріс, — додала Емілія. — Джек важить, як паровоз. Самі ми його не зрушимо. А з удачею — може, шериф допоможе нам його позбутися.

Вероніка все ще стискала ніж, як плюшевого ведмедика, її кісточки побіліли.

— І якщо Джек воскресне… Я буду готова.

— Сховай це негайно! — прошипіла Емілія. — Ти виглядаєш, як героїня кастингу до "Психо".

Вероніка надула губи й запхала ніж у кишеню пальта.

— Потім не звинувачуй мене, коли Зомбі-Джек повернеться.

Емілія першою вийшла надвір у прохолодне ранкове повітря. За нею — Вероніка, що весь час озиралася.

— Абіґейл, не забудь замкнути двері!

Абіґейл, стоячи на порозі, гукнула в спину сестрам:

— Не забудьте, що ми йдемо! Замкніть двері!

Три сестри рішуче рушили вниз порожньою вулицею до поліцейської дільниці — невеличкої будівлі, що затиснулась між пекарнею та господарським магазином. Їхні кроки лунали в порожнечі ранку, холод щипав щоки, а повітря було тихим, як перед снігом.

— То що, — прошепотіла Вероніка, коли вони підходили до поліції, — а якщо шериф Морріс нам не повірить?

Емілія усміхнулась, її очі хитро блищали:

— Тоді ми запросимо його на чай із тістечками. До того, як він піде, він і не згадає, навіщо ми його кликали.

— Тістечка вирішують усе, — підсумувала Абіґейл з задоволеним кивком.

— А якщо не вирішують, — додала Вероніка, погладжуючи кишеню пальта зі самовдоволеною усмішкою, — то в мене ще є ніж.

Операція «Еклер»

Поки три сестри рухались у напрямку до центру містечка, з протилежного боку вулиці повільно наближались троє літніх джентльменів. Це були їхні давні шанувальники — Боб, Ґреґ і Френк. Усі троє — вдівці стільки, скільки пам'ятала громада, — були нерозлучними на кожному святі, мов трійця потертих книжкових підпірок. Навіть вдягались вони однаково: темні костюми, довгі пальта й капелюхи старого зразка, куплені то чи в секонд-хенді, то чи у хроноворота з минулого.

Боб і Ґреґ ішли попереду, а Френк волочився позаду, мов примхлива дитина, якій не сподобався похід у магазин. Нарешті перші двоє зупинились і озирнулися — їхній товариш відстав на кілька метрів і йшов із такою швидкістю, ніби пробирався через болото.

— Френку, що ти там за цеглини в кишенях тягнеш? — гукнув Боб із ноткою жартівливої стурбованості.

Усі троє, звісно, чудово розуміли абсурдність ситуації — і тільки раді були поглузувати.

Френк захихотів, захрипіло видихаючи:

— Які там цеглини! Просто книжечка. Йду, йду, не штовхайтеся!

Боб примружився:

— Книжечка, кажеш? А на вигляд — ніби ти бібліотеку під пальтом проніс.

Коли Френк нарешті приєднався до товаришів, трійця продовжила свою повільну ходу вулицею. Боб зморщив чоло, звернувшись до Ґреґа:

— А ну нагадай, навіщо ми так рано кудись йдемо? Я не пригадую, щоб нас на сніданок кликали.

Ґреґ, як завжди впевнений у собі, махнув рукою:

— Абіґейл нас запросила. Обіцяла, що спечуть наші улюблені еклери.

— Наші еклери? Давай одразу уточнимо — це твої еклери, — пирхнув Боб. — Я кекси люблю більше. Емілія казала, що нас чекають на обід.

Френк, ще досі намагаючись віддихатися, додав:

— На обід? Та ви що! Вероніка мені сказала, що нас чекають на вечерю.

Чоловіки зупинились за кілька метрів від будинку сестер. Всі троє почухали потилиці — мов аматори-детективи, що зіткнулись з непідйомною загадкою.

— То коли нас, власне, запрошували? — спитав Боб, переводячи погляд з Ґреґа на Френка.

Ґреґ знизав плечима:

— А яка різниця?

Боб задумався на мить, а тоді хитро усміхнувся:

— Я кажу: просто зайдемо, типу випадково. Поводимось спокійно, мов би просто прогулювались

35

неподалік. Якщо правильно розрахуємо час, зможемо встигнути й на сніданок, і на обід, і на вечерю.

Френк аж розцвів:

— А якщо ні — хоча б кава з чимось солодким. Вони ж не виженуть нас. Занадто ввічливі для такого.

— Отак і треба мислити! — схвально кивнув Боб і гримнув Френка по спині так, що того аж похитнуло — пальто, набите "книжечками", зробило свою справу.

З новим ентузіазмом трійця випрямила капелюхи, підправила пальта й вирушила до будинку сестер з тією поважною урочистістю, як солдати перед штурмом. Вони з натиском відчинили хвіртку — вона скрипнула, як у театрі, — піднялися на ґанок і натиснули на дзвоник.

— Що б не сталось, — прошепотів Ґреґ з посмішкою, — щось солоденьке нам точно перепаде.

Вони стояли, хихотіли мов школярі, які намагаються викрутитися з халепи, і терпляче чекали, яке ж частування їх чекає цього разу.

Хвилини тягнулися мов вічність.

— Схоже, нікого нема, — пробурмотів Ґреґ, прижмурившись до дверей. — То що тепер?

— Як це "нема"? А де їм бути в таку нелюдську годину? — обурився Боб, схрестивши руки на грудях. Френк, ще досі віддихуючись після "походу через півміста", оперся на хвіртку, наче марафонець після фінішу.

Ґреґ знизав плечима:

— А що, якщо ми просто зайдемо й трохи зачекаємо всередині? На вулиці ж холодно. Все-таки зима.

— Чудова ідея, — захрипів Френк. — От тільки, ти знаєш… це ще називають "вторгненням".

— То що пропонуєш? — буркнув Боб. — Плентатись назад, щоб мерзнути ще дужче? Ми надто старі для цього. Перепочинемо трохи, а якщо за пів години нікого не буде — підемо.

Ґреґ, як завжди, взяв ініціативу: обережно натиснув на двері. Вони відчинились із зловісним скрипом. Він ступив у вузький передпокій — і миттю перечепився об щось важке.

З коротким, не надто героїчним вереском він гепнувся на підлогу, мов мішок з картоплею. Слідом за ним — Боб, який не встиг загальмувати. А за ним — Френк, який просто влетів у двері й гепнувся на купу друзів зверху. Тріо стогнало, як стара шафа, яку занадто довго не змащували.

— Важко щось побачити, коли хтось розкидається, мов риба без води, — буркнув Боб, намагаючись вирватися з цієї грудки рук, ніг і пальт.

— Не можу дихати, — просипів Френк. — Здається, ти зламав мені легеню.

Після низки принизливих стогонів, зітхань і шарудіння, вони нарешті виплуталися й підвелись. І тільки тоді звернули увагу на причину всієї цієї катавасії.

На підлозі лежало тіло. Розпростерте, мов килим, забуте кимось біля входу. Ідентичність — невідома.

— Що за чортівня? — пробурмотів Ґреґ, розтираючи коліно. — Хто це взагалі? І чого він тут лежить, мов "лежачий поліцейський"?

Його голос тремтів від здивування — і хвиля нової загадки накрила трійцю, мов туман на стару дорогу.

Боб обережно штовхнув тіло носком черевика. — Як думаєш… він мертвий?

Френк прищурився, дивлячись на нерухому фігуру. — Ну, не скажеш, що він аж пашить життям, правда?

Грег застогнав.

— Прекрасно. Я ледь не зламав шию через труп. А ви двоє приземлились на мене, наче я якась людська подушка!

— Думаєш, ми його вбили? — прошепотів Френк, нервово озираючись на товаришів.

— Вбили? — Грег розвів руками. — Як? Упавши на нього? Ми старі, а не якісь там вбивці.

— Ну, — пробурмотів Френк, — він же не рухається. То… можливо?

Троє чоловіків стояли, витріщившись на неживого Джека з таким виразом провини та розгубленості, ніби їх застали з крихтами печива на обличчі. Тільки ось мова була не про печиво.

— І що тепер? — прошепотів Боб.

Грег схрестив руки, задумавшись.

— Ну… може, просто почекаємо. Не наша вина, що він тут лежав.

— А якщо з'являться сестри? — запитав Френк.

— Елементарно, — сказав Грег з хитрою усмішкою. — Скажемо, що просто зайшли відпочити. А якщо цей тип уже був тут — то це його проблема.

Трійця схилилася над тілом Джека, мов троє невдалих детективів, які прогулювали заняття. Вони тикали його за руки, рухали ногами, смикали за рукави, а тоді, важко зітхаючи, перекотили на спину.

— Мертвий! Мертвий Джек! — вигукнули хором, ніби щойно розкрили справу століття.

— То… де жінки? — запитав Боб, озираючись навколо, ніби вони могли ховатися за шторами.

І тут почалася паніка. Чоловіки заволали з усіх сил, голосами, що накладалися один на одного, як погано злагоджений духовий оркестр:

— ЕМІЛІЄ! АБІГЕЙЛ! ВЕРОНІКО!

Тиша.

Френк побілів.

— Ви ж не думаєте… що це він їх убив? — прошепотів, театрально вказуючи на неживого Джека.

— Цілком можливо! — буркнув Боб, тріскаючи пальцями, мов крутий хлопець з фільму-нуар. — І якщо це так, я його задушу!

Грег закотив очі.

— Бобе, він уже мертвий.

— То й що? Задушу ще раз! — розлютився Боб. — Щоб уже напевно!

— Але якщо він убив сестер, то куди ж подів тіла? — запитав Грег, озираючись, наче Шерлок після бурхливої вечірки.

Його погляд зупинився на уламках витонченого вікторіанського горнятка, що розсипалось по підлозі кухні. Він присів, розглядаючи безлад з усією серйозністю телевізійного детектива під час рекламної паузи.

— Тут була бійка, — урочисто заявив він. — Так, слухайте уважно. Боб, ти прочешеш другий поверх. Френк — в підвал. Я беру кухню, їдальню й вітальню.

Без жодного слова заперечення — здебільшого тому, що вони були занадто старі для суперечань — Боб урочисто рушив нагору, мов людина з місією. Френк поплентався до підвалу, бурмочучи щось про свої коліна. Тим часом Грег повернувся на кухню, де його пристрасть до солодкого швидко перемогла детективні пориви.

На кухонній стільниці, під скляним ковпаком, височіла велична гора еклерів — справжній монумент усьому доброму в цьому світі.

Очі Грега заблищали. Отже, це Ебігейл спекла еклери. Благослови її, Господи.

Не гаючи ані секунди, він схопив один і запхав у рот, щоки його надулися, мов у хом'яка під час обіду. Крем стікав підборіддям, але Грегу було байдуже. Він ухопив ще два, загорнув у серветку й акуратно сховав у кишеню пальта з вправністю досвідченого крадія коштовностей.

Щойно він проковтнув останній шматочок, як Боб і Френк увірвались на кухню, важко дихаючи.

— Їх нема! — закричав Боб.

— Ні нагорі, — прохрипів Френк. — У підвалі теж жодного сліду.

Грег витер крем з губ тильним боком руки. — Добре, ось вам можливі варіанти. Перше: сестри злякались і втекли. Друге: їх заарештували й відвезли в поліцію. Або третє... — він зробив паузу для драматичного ефекту. — Вони самі зізнались у вбивстві Джека.

— Убивстві Джека?! — вигукнули Боб і Френк в унісон.

— Як вони могли це зробити?! — обурився Боб. — Вони ж милі, невинні пані!

Грег схрестив руки, поважно кивнув.

— Милі? Можливо. Але ніколи не недооцінюй жінку, в чиїй кухні є важкі металеві предмети.

Френк ковтнув слину.

41

— Ти справді думаєш, що це вони?

— Гей, — знизав плечима Грег, — в житті й не таке буває. Пам'ятаєш, як місіс Гендерсон вигнала мене зі свого подвір'я сковорідкою? А я ж нічого поганого не робив!

Боб похитав головою, повертаючись до суті.

— Гаразд, гаразд, що нам робити? Ми маємо їх врятувати.

— Так! — терміново підхопив Френк. — Поки вони не потрапили до в'язниці!

— Саме так, — погодився Грег. — Потрібен план. — Він почав ходити туди-сюди, але з кожним кроком еклери в його кишені ще більше зминались, залишаючи за собою крихти, що спадали на підлогу, мов сніжинки.

Боб прищурився:

— Емм, Греге... ти що, протікаєш еклерами?

Грег на мить завмер, а потім спробував недбало стерти крихти.

— Докази, — пробурмотів. — Просто... йду по сліду.

— Докази того, що ти їх з'їв, — усміхнувся Френк.

Грег зиркнув на нього.

— Зосередься, Френку. У нас серйозна ситуація!

Боб хитро всміхнувся.

— Ага. Ситуація: ти напхав у пальто половину десертного підноса.

— Слухайте, — роздратовано буркнув Грег, — сперш знаходимо сестер. Потім — переймаємось перекусом. — Він випрямив спину, виставивши груди вперед. — А зараз тримаємось плану й діємо, як справжні професіонали.

— Професіонали, які крадуть тістечка, — пробурмотів Френк.

Грег кинув на нього погляд.

— Зате в мене є ініціатива.

З новою рішучістю (і кишенями, повними дедалі м'якших еклерів), троє друзів рушили глибше в дім, сповнені рішучості — або розгадати таємницю, або знайти ще щось смачненьке. Як би не склалось, одне було ясно: без кави вони не підуть. І, ймовірно, без ще кількох еклерів теж.

Троє джентльменів крутились навколо тіла Джека, мов іржаві шестерні, що видушували напівсирі ідеї, аж поки у Грега раптом не запрацювали всі розумові механізми одночасно.

— Є ідея! — вигукнув він, клацнувши пальцями. — Якщо ми приберемо тіло з цього дому, зникне головний доказ. Немає тіла — немає злочину. Ніхто не звинуватить сестер! Навіть дамо їм алібі: скажемо, що з самого ранку разом снідали.

Боб почухав голову.

— Гаразд... а що нам робити з тілом?

Грег нахилився ближче, голос його став змовницьким і театральним:

— Перетягнемо Джека до його дому. Залишимо там до вечора. А як стемніє — віднесемо в ліс і закопаємо. Все просто.

— Геній! — радісно кивнув Френк. — Але... е-е, а якщо дам вже встигли заарештувати?

Грег фиркнув:

— Шериф не встає до полудня. Рано ще на арешти. Але, про всяк випадок, заскочимо до дільниці пізніше, прикинемось випадковими свідками. Якщо дами там — скажемо, що працюємо над їхнім порятунком.

Усередині них роздувся гордий вогонь. Вони розправили плечі, випрямили спини й напнули груди. Це було найважливіше, що вони робили за останні роки: рятували трьох чарівних жінок, прикривали потенційне вбивство, і — якщо все піде як слід — отримають смачну вечерю. Хто б міг подумати, що героїзм на смак як смажене курча?

Але дуже швидко виявилося, що перемістити тіло неживого Джека — навіть у дім по сусідству — не така вже й проста справа. Це перетворилося на комедію помилок, яка змусила б цирковий номер виглядати гідно.

Зі стогонами, охами та сумнівною командною роботою вони витягли Джека на газон. Місію ускладнювали їхні поважні роки та дуже незручна властивість Джека бути важким і мертвим.

— Обережно з головою! — прошипів Грег.

— А хто з нас узагалі здатен її підняти?! — огризнувся Боб, тягнучи Джека за руку, ніби він був набитий цеглою.

Вони пригинались і пересувались, ховаючись за ялівцевими кущами, мов шпигуни міжнародного рівня. Але щоразу, як просувались на кілька метрів, хтось із них спотикався, і вся трійця падала — переважно на Джека. Шаблон став очевидним: тягти, спіткнутися, впасти на тіло, голосно вилаятись, перепочити дві хвилини — і по колу.

Між падіннями вони сиділи на грудях Джека, задихані, мов марафонці, які ніколи не мали бігти марафон.

— Може, треба було… просто залишити його там, — хрипло видав Боб.

Грег похитав головою.

— Жодної капітуляції! Думаєш, Черчилль здавався на півдорозі? Ні! І ми не здамося!

Через пів години цього цирку троє старців нарешті закотили Джека на ґанок, виглядаючи як незграбна банда грабіжників, що перевозила килим.

— Я більше не можу, — хрипів Боб, схилившись із руками на колінах. — Не потягну цього хлопця й на сантиметр. Я вже занадто старий для цієї дурні.

Френк розвалився на ґанку поруч із тілом, хапаючи повітря.

— Треба було взяти перекус...

Грег, тремтячи від втоми, схопився за дверну ручку й смикнув. Нічого. Смикнув ще раз — кулаки побіліли.

— Замкнено, — пробурмотів він, намагаючись не закричати.

Чоловіки перезирнулись — героїчний план валився, як еклери в кишені Грега.

— Ну, — прохрипів Боб, — зате він майже вдома...

Френк витер чоло.

— Може, просто залишимо його тут... і на цьому все?

Грег застогнав, усе ще тримаючись за дверну ручку.

— Ні. Ми зайшли надто далеко, щоб здатися зараз.

Троє чоловіків посиділи мовчки кілька хвилин, переводячи подих і обмірковуючи наступний крок.

— Може, — буркнув Боб після довгої паузи, — постукати й утекти?

Грег подивився на нього без емоцій.

— Бобе, ми троє пенсіонерів. "Постукати й утекти" зникло з нашого арсеналу ще за президентства Ніксона.

Всі троє розсміялись, попри втому. Героїзм, як виявилося, виснажлива справа.

— Двері зачинені, — знову буркнув Грег, востаннє смикнувши ручку. — Доведеться залишити тіло тут.

— Ми не можемо його тут залишити! — прошипів Боб, голос його злетів на цілу октаву. — А якщо хтось його знайде? Відразу стане ясно, що щось не так!

Грег обвів поглядом ґанок. Його очі зупинились на старому гойдалці та маленькому обшарпаному столику. Лукава усмішка розпливлась на його обличчі.

— Посадимо його в крісло-гойдалку, — урочисто проголосив Грег. — Буде виглядати так, ніби Джек відпочиває й читає щось цікаве. Повірте, усі повірять.

— Греге, це найдурніша ідея, яку я коли-небудь… — почав Боб, але Грег перебив:

— Є кращий план, Бобе? Немає? Тоді бери руку.

І знову — охи, зітхання й бурчання — троє чоловіків почали боротися з тілом Джека, намагаючись посадити його в крісло-гойдалку. Воно хиталося, скрипіло під вагою, але — диво! — витримало.

— От, тепер йому зручно, — сказав Грег, поправляючи Джекові голову так, щоб вона виглядала... ну, менш мертвою.

Френк глянув на порожній столик.

— Йому щось треба дати почитати, інакше все виглядатиме підозріло.

Грег клацнув пальцями.

— Френку, ти ж казав, що носиш із собою книжку? У тебе завжди щось із собою.

Френк зітхнув, поліз до кишені пальта. Після певних зусиль він витягнув важку чорну книгу.

Щелепа Боба впала.

— Що ти, чорт забирай, тягав цю цеглину з собою цілий день?

— Це… Біблія, — зніяковіло зізнався Френк. — Я випадково забрав її додому після меси минулої неділі. Забув повернути. Це улюблений примірник пастора Бена. Він читає з нього кожну проповідь.

Грег і Боб обмінялися переляканими поглядами. Давати мертвому людині церковну Біблію — не найкраща ідея з точки зору суспільної пристойності. Але жоден із них не мав ані сил, ані бажання повертати її назад до церкви, особливо враховуючи, що попереду ще візит до поліції — і, скоріш за все, нові пригоди.

Грег театрально зітхнув:

— Ну, принаймні душа Джека в надійних руках.

З благоговінням і щирою лінню вони вклали Біблію в холодні руки Джека. Після кількох спроб їм таки вдалося сперти його руки на столик, щоб книга не впала. Здалеку Джек виглядав як чоловік, занурений у глибоке Святе Писання, який мирно погойдується в кріслі на спокійному полуденному сонці.

— Чесно кажучи, — пробурмотів Боб, — він зараз виглядає побожніше, ніж за все життя.

Грег струсив з пальта трохи пилу.

— Якщо пастор Бен щось скаже — скажемо, що Джек навернувся. Ні злочину, ні провини.

Френк кинув останній погляд на Джека й прошепотів:

— Благослови його, чи… ну, хай буде як вийде.

Троє чоловіків відійшли назад, щоб оцінити результат своєї роботи, обтрушуючи з одягу листя та траву. Сцена виглядала… майже переконливо. Якщо не підходити надто близько. І не нюхати.

— Так, — сказав Грег, рішуче поправивши капелюха. — Наступна зупинка — поліцейська дільниця. Подивимось, що там знають.

— І про це — ані слова, — додав Боб, кивнувши в бік Джека з його "святим читвом".

— Домовились, — підтвердив Грег. — Ми нічого не бачили, нічого не чули… але якщо сестри там — щось перекусимо.

Троє героїв обмінялися кивками, відчуваючи дивне задоволення від свого абсурдного рицарського вчинку. Із Джеком, "зануреним у духовне читання" на власному ґанку, вони рушили до міста, човгаючи ногами в напрямку поліцейської дільниці, готові до чергової хвилі безглуздих подій.

— Ну, — буркнув Боб, поки вони йшли, — принаймні ми довели одне.

— І що ж? — запитав Грег.

— Що ми, як і раніше, нічим не корисні, — усміхнувся Боб.

— Говори за себе, — парирував Грег. — Я майже геній.

Френк поплескав по своїй тепер уже легшій кишені й усміхнувся:

— Зате я більше не тягаю з собою Біблію.

І з цим вони почимчикували далі — троє доброзичливих дурників, які, самі того не усвідомлюючи, перетворили потенційну катастрофу на щось справді незабутнє.

Донати, дрімота та мертві сусіди

Шериф Морріс ліниво відкинувся в своєму потерто-шкіряному кріслі, закинувши ноги на стіл, і втупився в стелю, ніби та зберігала секрети буття. Це тихе містечко починало йому подобатися. Злочин тут був радше казкою на ніч, ніж реальністю — щось, про що чули десь там, далеко. Найсерйознішим правопорушенням за останні двадцять років стало те, як Старий Дженкінс вкрав назад свій трактор із автомайстерні, відмовившись платити за ремонт.

Більшість населення містечка складали пенсіонери або ті, хто вже стояв однією ногою в пенсійному віці, а молодь розпливлася до великого міста за тридцять миль звідси — хто вчитись, хто працювати. І все ж, ніхто не нарікав на роботу чи справи. Крамниці залишались відкритими, клієнти повільно, але стабільно заходили, і життя йшло собі розміреним темпом ледачої неділі. Здавалося, час тут був законсервований — працював за власними, давно застарілими, але чарівними правилами.

Та все ж Морріс не міг позбутись відчуття, що чогось бракує. Життя було занадто простим. Йому хотілося трохи дії, краплину драми — щось таке, заради чого варто написати поліцейський рапорт.

Задоволено зітхнувши, Морріс заплющив очі. Приблизно за десять хвилин сержант Макароні мав зайти з кавою й пончиками з закладу на розі. Формально ресторан був лише за пів милі звідси, але Макароні завжди робив вигляд, що долає трансконтинентальний маршрут. В основному тому, що кожен його візит супроводжувався довгою розмовою з Бетсі —

неофіційною серцебійкою містечка, завдяки її чарівності й фігурі.

Кожен чоловік у містечку — від шкільного прибиральника до похоронного агента — був переконаний, що має шанс із Бетсі. Але вся її увага була зосереджена лише на двох чоловіках: сержанті Макароні та його браті Діку, ефектному пожежнику. Суперництво між братами було запеклим, та Бетсі не поспішала обирати переможця. Вона тримала їх у напрузі, немов у мильній опері, розтягуючи сюжет до безкінечності.

Думки Морріса попливли, і його спокійний день невдовзі перетворився на фантазію, сповнену дій.

У його сні двоє бандитів у масках вривалися до місцевого банку, озброєні кулеметами, гранатами і такою кількістю агресії, що навіть байкерська банда почервоніла б від сорому.

— Десять мільйонів доларів! Негайно! — ревів один із бандитів, тицяючи дулом у обличчя переляканого банкіра, який більше нагадував бібліотекаря в поганий день. Бідолашний буквально розтанув, стікаючи по підлозі.

А щоб зробити ситуацію ще гіршою — мила Бетсі, звісно ж, стала заручницею.

У сні Бетсі театрально кинулася до одного з бандитів, вчепившись йому в ногу, як дитина, якій відмовили в десерті.

— Прошу! — ридала вона. — Я зроблю все, тільки відпусти мене!

Тим часом навпроти, через вулицю, сержант Макароні пригнувся за поліцейським авто, стискаючи мегафон, мов реактивний гранатомет. Його очі палали героїчною рішучістю… або, можливо, печією — важко було сказати точно.

— Банк оточено! — гукав Макароні. — Виходу немає! Кладіть зброю, відпустіть заручницю — і ніхто не постраждає!

Звісно ж, у фантазії Морріса сержант мав ідеальне відчуття моменту, щелепу, вирізьблену з граніту, і зачіску, яка ігнорувала закони гравітації. У реальності ж цей чоловік насилу відкривав батончик мюслі, не роздерши обгортку вщент.

Щойно сон досягнув вершини абсурду — з пафосною музикою, яку чув тільки Морріс — він уявив, як Макароні волає в рацію:

— Бетсі, люба! Я тебе врятую!

І десь там, Морріс був певен, Дік-пожежник сповільнено з'їжджав по жердині, лише погіршуючи ситуацію.

Морріс усміхнувся, не відкриваючи очей. Оце так — саме такої напруги потребувало це містечко: старомодна, добротна ситуація із заручниками. Так, логістичний кошмар. Але ж куди краще, ніж просто чекати на пончики й вдавати, що кросворди — це поліцейська робота.

Він поворушився в кріслі, терпляче очікуючи каву, пончики й чергове безглузде виправдання Макароні за запізнення.

Морріс згадав про високе мистецтво маскування — навичку, яку до досконалості опанував його улюблений детектив Шерлок Холмс. І в ту ж мить, немов за помахом чарівної палички, перед входом до банку з'явилася повненька бабуся з добрим обличчям. В одній руці вона тримала плетений кошик, а в іншій — опиралась на палицю.

Бандити різко обернулися, наставивши кулемети просто на неї.

— Гарного дня, хлопчики! — пропищала старенька голосом, підозріло тонким для людини її комплекції. Це, звісно ж, був не хто інший, як шериф Морріс, повністю занурений у свою підпільну роль. — Ой лишенько, здається, я заблукала! А ці свіженькі пончики я маю передати шерифові Моррісу — благослови його Господи!

Один із грабіжників вихопив кошик із рук «бабусі» й зазирнув усередину. Його очі округлились від вигляду пончиків, тістечок та пряників, виблискуючих цукровою пудрою.

— Цей старий дурень і без них переживе, — пробурчав він. — А нам перекус не завадить.

Другого запрошувати не довелося. Грабіжники накинулись на пончики, мов голодні вовки, а пудра розліталася навсібіч. Звісно, вони не знали, що під виглядом цукрової пудри було потужне снодійне.

Минуло кілька хвилин — і злочинці почали хилитись, очі напівзаплющені, як у дітей, що засиділися до пізньої ночі. Один позіхнув так, що ледь не зронив автомат.

— Чорт... ці пончики... якісь надто особливі... — пробелькотів він і звалився в шкіряне крісло.

Другий упав услід, немов мішок із борошном, голосно захропівши — так, що вікна банку затремтіли. Їхнє хропіння перетворилось на справжній оркестровий гул, який було чутно аж на сусідній вулиці.

Морріс із задоволеною посмішкою зняв квітчастого капелюха та перуку, відкриваючи світові своє тріумфальне «я».

— Працює щоразу, — прошепотів він собі під ніс. Зібрав зброю грабіжників, звільнив заручників і вийшов із банку так, ніби щойно зійшов зі знімального майданчика голлівудського бойовика.

Зовні юрба вибухнула оплесками.

— Слава шерифу Моррісу! — гукали люди.

А потім — наче в гарячковому сні — кожна жінка в містечку, від підлітків до бабусь, кинулась до нього. Його щоки вкрилися поцілунками з усіх боків, його обіймали, мов останнього в світі холостяка.

— Пані, пані! — засміявся Морріс, намагаючись зберегти гідність, поправляючи свій жетон. — Усім вистачить Морріса!

Мер, який невідомо звідки з'явився, прикріпив до грудей Морріса величезну медаль.

— На честь нашого хороброго шерифа! — урочисто проголосив він.

І щойно Морріс подумав, що момент не може стати ще кращим, небо вибухнуло калейдоскопом феєрверків. Кольорові спалахи засвистіли й затріщали, розсипаючись тисячами сяйливих зірок. Це було таке свято, яке влаштовують на честь національного героя — або принаймні когось, хто п'ять років поспіль вигравав кулінарний конкурс на найкраще чилі.

Поки Морріс стояв, насолоджуючись славою, він чув навколо себе хор схвальних вигуків. Бетсі була в натовпі, підморгуючи йому. Сержант Макароні дивився на все це з заздрістю, повільно здавлюючи пончик, який щойно їв.

І саме тоді, коли сон досяг свого епічного піку — Бетсі стрибала в обійми Макароні, а позаду гриміли вибухи гранат — голос вирвав Морріса назад у реальність.

— Шерифе Морріс? Сер?

Морріс прочинив одне око — і знову побачив ту ж стару, нудну білу стелю. Ніяких бандитів. Ніяких вибухів. Ніякої дами в біді. Лише гудіння поліцейської дільниці й запах застояної вчорашньої кави.

— Чорт, — пробурмотів Морріс. — Треба перестати пропускати обід.

Шериф повільно повернув голову — і опинився обличчям до обличчя з трьома літніми сестрами, які стояли біля його столу й дивились на нього з цікавістю й легким осудом. Його ноги інстинктивно ковзнули з-під столу, наче його застукали за сном на уроці. Він театрально закашляв, намагаючись набратись хоч якоїсь гідності.

— Кх-хе… кх… гхм! — просипів він, більше схожий на поламану гармоніку, ніж на представника правопорядку.

— Вибачте, що так рано турбуємо, шерифе, — солодко почала Емілія.

— Я не спав! — різко відказав Морріс. — Я при виконанні! … глибоко думав, от і все. То чим можу допомогти?

Сестри перезирнулися, мов діти, які вирішують, хто першим зізнається, що розбив банку з печивом. Нарешті Вероніка прочистила горло.

— Річ у тім, шерифе… Джек у нас вдома.

Морріс зітхнув.

— І що тут нового?.. Джек уже роками вам дошкуляє. Кричить на кущі, розмахує ціпком, грюкає ногами — просто не звертайте уваги.

— Так, це правда, — зітхнула Вероніка. — Але цього разу… він не йде.

Морріс прищурився.

— Що значить «не йде»? Він приклеївся до вашого килимка?

— Ми пішли на прогулянку… — почала Емілія.

— До озера… рано-вранці… погода була чудова… — усі три сестри заговорили водночас, їхні слова нашаровувались, як затор на перехресті.

Для Морріса це звучало, наче кожен церковний дзвін у місті задзеленчав у нього в голові одночасно. Він схопився за вуха.

— Досить! По одній! — гаркнув він.

Сестри одразу замовкли, глянувши на нього, як діти після суворого зауваження. Після довгої паузи Емілія знову заговорила.

— Джек лежить у нас у передпокої. Просто біля вхідних дверей, — повільно сказала вона. — І… ну… він не рухається. Ми думаємо… можливо, він мертвий.

Морріс застогнав, потер обличчя обома руками.

— Джек? Мертвий? Та ну. Він, мабуть, просто прикидається. Цей старий крук іще на що здатний, так це валяти дурня.

— Ми не так певні, — прошепотіла Вероніка. — Тому й прийшли до вас.

— О ні. Ні. Навіть не мрійте! — Морріс підкинув руки вгору, ніби саме припущення його відштовхувало фізично. — Я зайнятий. Макароні от-от прийде з кавою й пончиками. Я надішлю йому повідомлення, нехай сам перевіряє Джека. А ви троє йдіть додому й відпочиньте.

Він підвівся й рішуче пішов до дверей, даючи зрозуміти, що розмова закінчена.

— Шкода, що ви не зможете прийти, — солодко промовила Емілія. — Ми якраз збиралися пригостити вас еклерами й яблучним пирогом. Ви ж, мабуть, ще не снідали…

Морріс застиг. Його живіт загурчав на саме слово «еклери», як у пса, що почув слово «ласощі».

— Е-е… ні, ще не снідав, — збрехав він, уже програючи внутрішню боротьбу з власною жагою до солодкого.

Тепер він був у пастці. Мати справу з Джеком? Чи… пиріг. Пригода? Чи нудьга.

— Добре, — пробурчав Морріс. — Ходімо вже.

Сестри радісно зацвірінькали, ледь не стрибаючи йому вслід. Морріс схопив свого капелюха й, рушаючи за ними до патрульного авто, буркнув:

— Скажу Макароні, щоб лишив пончики. Зателефоную йому з їхнього дому.

І з цим шериф Морріс та три сестри вирушили в путь — у подорож, сповнену таємниць, випічки й, без жодного сумніву, чималої нісенітниці.

Як зруйнувати весілля і похорон за 24 години

Поки сестри Фентон вели жваву розмову з шерифом Моррісом, а троє їхніх відданих шанувальників поспішали до міста з місією знайти їх, місцевий підліток на ім'я Даніель тим часом влаштовував свою звичну ранкову метушню — цього разу на старому, скрипучому велосипеді, розносячи міську газету.

Даніеля — лагідно (а можливо, не зовсім лагідно) називали хлопцем із «пекучими руками», і мав він дивовижну здатність: усе, до чого торкався, неминуче руйнувалось. Закони фізики? Лише формальність, коли поруч Даніель. Ложки гнулись, ліхтарики вибухали, а дверні ручки відпадали в нього в руках з містичною регулярністю. Ніхто не знав, звідки в нього цей дар — як, власне, і хто був його батьком. Найпопулярніша (та непідтверджена) версія полягала в тому, що пастор Бен залишив після себе щось більше, ніж молитви. Але вголос про це казати ніхто не наважувався.

Мати Даніеля, Марта, все життя провела, драючи підлоги й витираючи пил у церковних лавках. Але «прибиральниця» — це лише один з її численних неофіційних титулів. Вона також була особистою помічницею пастора Бена, його менеджером по життю і рятівницею від усіх побутових турбот. Вона готувала йому їжу, прала ризи, і з надлюдською точністю передбачала всі його потреби. Якщо пастор Бен лише прочищав горло — Марта вже стояла поряд зі склянкою води, ще до того, як він встиг подумати, що хоче пити.

Та пастор Бен був зовсім не типовим священнослужителем. Під його довгим облаченням билося серце справжнього капіталіста. Якщо десь можна було щось заробити — він відчував це швидше, ніж мисливський пес знаходить стейк. Він цитував динаміку фондових ринків з такою ж легкістю, як проповідував зі сцени, і мав майже містичну здатність передбачати інфляцію. Його улюблена фраза:

— Якщо Господь дає мені можливість заробити — хто я такий, щоб відмовлятись?

Ця філософія, як не дивно, працювала на благо і пастви, і його банківського рахунку. Попри своє нетрадиційне ставлення до віри та фінансів, мешканці містечка поважали його — нехай і з легким внутрішнім супротивом. Завдяки його, як він сам казав, «божественному управлінню», стара, напівзруйнована церква була відновлена, цвинтар ніколи не виглядав охайніше, а сам пастор примудрявся бути присутнім на кожній місцевій події — від кулінарних ярмарків до вечорів бінго. Пастор, який умів поєднати спасіння душ і постачання товарів? Такого точно варто було тримати поруч.

Що ж до Даніеля, то він був ходячою катастрофою з даром перетворювати будь-яке просте завдання на справжнє лихо. Він, звісно, не був злочинцем — але часом підходив до цього досить близько… цілком випадково. Якби хаос мав людське обличчя — це був би Даніель. Дати йому мітлу — він зруйнує полицю. Попросити потримати повітряну кульку — вона вибухне.

Він був єдиною дитиною в містечку, яка могла перетворити «допомогу» на надзвичайну ситуацію. Якось, під час церковного збору коштів, Даніель примудрився зламати три складні столи, перекинути хор і — всупереч законам фізики — підпалити чашу з компотом. І досі ніхто не знає, як він це зробив.

Пастор Бен, вічно терплячий чоловік (або просто чоловік, у якого не було вибору), взяв Даніеля під своє крило, ставши його неофіційним опікуном. Якщо вже хлопець і має влаштовувати безлад, міркував пастор, то нехай це хоча б відбувається під наглядом. Він регулярно доручав Даніелю «завдання» — не стільки з метою продуктивності, скільки для того, щоб зменшити ймовірні збитки. Коли чергова добра справа Даніеля закінчувалася розбитими вікнами, вм'ятими авто чи переляканими мешканцями, пастор Бен лише зітхав, витягував свою постійно порожніючу чекову книжку і бурмотів щось про те, що випробування формують характер.

Так містечко продовжувало жити з цією химерною парою: найкатастрофічнішим підлітком і найпідприємливішим пастором. Даніель — залишаючи за собою слід із руйнувань, і пастор Бен — щоразу позаду з мітлою, молитвою та формуляром на компенсацію.

Остання пригода Даніеля стосувалась пляшки кукурудзяної олії — начебто звичайне доручення від матері, яке невдовзі перетвориться на найпам'ятніше весілля, яке це містечко будь-коли бачило.

Дорогою додому з магазину, ніжно притискаючи пляшку кукурудзяної олії, наче коштовну реліквію,

Даніель побачив величну весільну процесію, що прямувала до церкви. І, звісно ж, не зміг втриматися. Весілля мали все, що він любив: драму, видовищність і глядачів. Він зістрибнув зі свого розхитаного велосипеда й прослизнув у церкву слідом за натовпом, влаштувавшись на задній лавці саме вчасно, щоб не пропустити головного.

Жених нервово смикав метелика, стоячи перед вівтарем, а його свідок шепотів заспокійливі слова. Передні лавки були вщерть заповнені гостями в найкращих нарядах — адже це було головне світське дійство сезону. І не просто весілля, а довгоочікуване об'єднання дочки місцевого банкіра, який не пошкодував жодної копійки. Мереживо з Парижа привезли літаком. Весільний торт мав більше шарів, ніж державна бюрократія. Квіти — з якоїсь надзвичайно витонченої місцевості з красивою назвою.

Даніель, повністю зачарований видовищем, нахилився вперед. Він не помітив, як пляшка олії вислизнула з його рук і з фатальним «дзвінь!» розбилася об лаву. Золота річка кукурудзяної олії розлилась по блискучому дерев'яному проходу, виблискуючи тривожно і підступно.

І саме в ту мить заграв орган.

Вся громада повернулася до дверей, які з гучним розмахом розчинилися, відкриваючи розкішну фігуру нареченої, вкриту мереживом. Вона була… вражаючою. Загорнута в шари блискучої тканини, вона дивно нагадувала величезне безе але надзвичайно нестійке.

Її батько, захлинаючись у фаті, поплентався позаду, коли наречена зробила перший урочистий крок.

Прохід, що тепер перетворився на ідеальну гірку для катання, чекав на свою першу жертву.

Один крок. Ще один. Але на третьому — Вжжжух— ШМЯК!

Нога ковзнула по олії, і наречена впала на спину, а ноги злетіли в повітря, як у цирковому номері. Мереживо й під'юбники розлетілися в різні боки, даруючи здивованим гостям щедрий — і абсолютно небажаний — вигляд її пухких ніг… і навіть трохи більше.

Батько, застигнувши від несподіванки, спробував її підхопити, але сам послизнувся на олії, пролетів кілька футів і з гуркотом впав обличчям просто між ніг власної доньки. Зойки та ахи прокотилися церквою, відбиваючись від склепінь. Чиясь бабуся прошепотіла:

— Господи помилуй… — і знепритомніла.

Дружка та кілька гостей кинулися на допомогу, але олія мала інші плани. Один за одним вони ковзали, падали й зіштовхувались, як кеглі в боулінгу, утворивши хаотичну купу з мережива, каблуків і паніки просто поверх нещасного банкіра.

Жених стояв біля вівтаря, ніби вкопаний, аж поки абсурдність моменту остаточно його не поглинула. Його плечі затрусилися, і незабаром він вже згортався навпіл від сміху, що лунав у церкві, мов істерика одержимого.

Змочена олією і хитка, як дитина на ковзанах, наречена підвелася. Її колись розкішна сукня перетворилась на руїну — вся в плямах від жовтого жиру. Від паризької елегантності не лишилося й сліду. Тепер вона нагадувала розмоклий круасан, залишений на сонці надовго.

У люті вона застрибала до нареченого, що все ще лежав на підлозі, сміючись до сліз і трясучись від реготу. Вона схопила його за лацкани смокінга й люто затрясла.

— Візьми себе в руки! — пронизливо гаркнула вона, її голос лунав справжнім весільним шаленством.

Але наречений не міг зупинитися. Сльози котилися по щоках, він обіймав себе за боки, намагаючись вдихнути. Це лише розпалювало гнів нареченої. З гарчанням вона замахнулася й дала йому такого ляпаса, що той перелетів через перший ряд гостей і звалився на підлогу.

Це, звісно, не сподобалося друзям нареченого. Полетіли образи. Почали кипіти пристрасті. І ще до того, як хтось устиг втрутитися, весілля перетворилося на справжнісіньку бійку.

Стільці перекидалися. Капелюхи літали в повітрі. Чийсь дядько використав букет як зброю й ударив по голові дружку нареченої. Хор намагався заспокоїти присутніх нервовим виконанням "Amazing Grace", але це було марно.

А Данієл тим часом був у захваті. Вмостившись на лаві, він широко розплющеними очима спостерігав за хаосом. Це було краще за «Зоряні війни». Він бачив, як дружба намагався героїчно втрутитися, але послизнувся на олії й влетів у купу стільців. Чийсь черевик пролетів у повітрі, ледь не зачепивши дівчинку-квітконосцю, яка у відповідь жбурнула молитовник у хлопчика, що ніс обручки.

У центрі всього цього наречена волокла знепритомленого нареченого до вівтаря за ногу, бурмочучи:

— Ти сьогодні на мені одружишся, хочеш ти цього чи ні!

Її рішучість була водночас лякаючою й вражаючою.

Поки навколо летіли кулаки, перекидалися лавки, а органіст безуспішно переходив на «Оду радості», Данієл сидів із задоволеною усмішкою. Це було не просто весілля — це було найвеличніше, що він коли-небудь бачив.

— Точно, — прошепотів він сам до себе, схрещуючи руки на грудях. — Це набагато краще за «Зоряні війни».

І з цим Данієл зручно влаштувався, готуючись насолоджуватися шоу, знаючи, що жоден голлівудський блокбастер не зрівняється з тією геніальністю, яку він щойно запустив у дію.

Коли пастор Бен виявив на підлозі сліди кукурудзяної олії, він одразу зрозумів, що без Данієла тут не обійшлося. Після суворої розмови з підлітком пастор вирішив призначити йому відповідне покарання. Він відправив Данієла копати могилу. Адже на наступний день мала відбутися похоронна церемонія, а покійний місцевий бізнесмен сам себе не закопає.

Відчуваючи легке каяття (хоча переважно бажаючи уникнути подальших доган), Данієл схопив лопату й одразу взявся до роботи. Сповнений рішучості реабілітуватися, він копав із такою завзятістю, що й не помітив, як яма ставала дедалі глибшою й вужчою з кожним кидком землі. Зупинившись, аби перевести подих, Данієл усвідомив, що перевершив сам себе: він опинився на дні ями, гідної стародавнього фараона.

А тоді, ніби всього цього було мало, почався дощик. Земля миттю перетворилася на слизьке, багнючне місиво. Данієл кілька разів намагався вибратися нагору, але слизькі стінки ями мали на це зовсім інші плани. Після кількох безуспішних спроб, під час яких він дригав ногами та дряпався вгору, немов кіт у ванні, він здався. Втомлений, він сів на дно могили, щоби перепочити "буквально на хвилинку", і негайно заснув, ніби його вирубив важковаговик.

На світанку його розбудили кроки й приглушені голоси над головою. Через туман в голові він поступово усвідомив, що відбувається: родина та друзі бізнесмена зібралися, щоб попрощатися з ним. Пастор Бен уже читав свою найурочистішу похоронну проповідь. Тим часом вдова схлипувала переривчасто, видаючи дивні звуки, схожі на гикавку, що надавало його проповіді дивного, збитого ритму.

Зрозумівши, що ситуація от-от вийде з-під контролю, Данієл закричав із самої глибини могили:

— ГЕЙ! ТАМ НАГОРІ! ЦЕ Я!

Його голос, гучний і глухий, прокотився туманним цвинтарем, мов найморошніше оголошення громадського радіо. Присутні похололи від жаху. Вдова видала крик, здатний розбити скло, і захиталася, немов глиняна ваза, що ось-ось гепнеться додолу. На щастя, один із друзів покійного встиг її підхопити, перш ніж вона впала в багнюку.

Пастор Бен, тим часом, застиг із відкритим ротом, ніби хтось натиснув на ньому «паузу» посеред проповіді. Усі навколо стояли мов укопані, витріщившись на могилу.

— Ну що ж, — нарешті пробурмотів пастор Бен, — видно, Господні шляхи й справді несповідимі.

Перехрестившись і прислухавшись до мертвої тиші довкола, він вирішив, що найкраще — просто йти далі. Він стрімко повернувся до служби, почавши читати з такою швидкістю, ніби прагнув встановити особистий рекорд. Бурмотів він так швидко й незрозуміло, що присутні не могли збагнути, чи то він читає Біблію, чи телефонний довідник, чи, може, проводить торги худобою.

— Амінь, — оголосив він, подаючи сигнал двом помічникам опускати труну.

І саме в той момент, коли Данієл побачив, як блискуча, лакована труна спускається прямо на нього, його вразило жахливе усвідомлення: його зараз живцем поховають. А він до такого рівня зобов'язань явно не був готовий. У паніці він заволав із дна:

— ГЕЙ! Я ЖИВИЙ! СТОП! ЩО ВИ РОБИТЕ?!

Один із чоловіків, що тримав мотузку, закричав, як дитина при вигляді клоуна, впустив мотузку й відскочив назад. Без підтримки з одного боку труна перекинулася вперед. Вона гепнулась у яму вертикально, мов проклятий елемент тетрісу. Кришка злетіла від удару й застрягла по діагоналі в отворі, замкнувши Данієла всередині, мов у зловісному сендвічі.

Якби цього було замало, зсередини труни випав мертвий і гепнувся обличчям на кришку, просто поверх Данієла.

І саме тоді ситуація перейшла з категорії «жах» у «абсурд».

Чи то з метою економії, чи в межах чиєїсь невдалої спроби бути екологічно свідомим, але покійного одягнули в дешевий, одноразовий паперовий костюм. Той одразу тріснув по швах, відкривши картину, до якої ніхто не був готовий: сувору, бліду реальність оголеного тіла померлого. Його худющі, волохаті ноги стирчали назовні, як переварені спагеті, а гола, в плямах трупної пігментації, дупа дивилася в небо, ніби з того світу зневажливо дражнила присутніх.

Тим часом бідолашний Данієл згорнувся клубочком у кутку, під застряглою кришкою труни, шкодуючи про кожне життєве рішення, яке привело його до цієї миті. Переконаний, що ніколи не вибереться з цього жаху, він лежав, як налякана кротоподібна істота, думаючи, чи не судилося йому провести вічність у могилі поряд з голим небіжчиком.

На поверхні вдова завила, мов справжня баньші, — так голосно, що цим могла б викликати духів з сусідніх могил. Вона хиталася драматично, балансуючи на межі непритомності. Її призначений "ловець", на жаль, переоцінив свою стійкість. Послизнувшись на багнюці, він разом із вдовою здійснив граціозне, хоча й трагічне падіння в гігантську калюжу біля могили.

Пастор Бен притиснув пальцями перенісся й прошепотів коротеньку молитву на терпіння. Йому такого в семінарії точно не викладали. Не бачачи іншого виходу, він зібрав кількох прихожан, щоби хоч якось врятувати ситуацію. Знадобилося кілька чоловіків, що стогнали, пітніли й тихо лаялися, щоб витягти з ями напівзім'яту труну разом із впертим мертвим тілом.

А вже потім витягли Данієла. Брудний з голови до п'ят, наскрізь мокрий, він більше нагадував нечемного болотяного гобліна, аніж нормального людського хлопця.

Пасто р Бен перехрестився ще раз — про всяк випадок.

— Ну, — буркнув він, — якщо після цього я не потраплю до раю, то вже й не знаю, що ще зробити.

Екстрений випуск: Смертельне видання

Марта й Бен не мали жодного уявлення, що їм робити з Данієлом. Після довгих зітхань і почухування потилиць вони вирішили дати йому останній шанс на виправлення. Мовляв, може, з хлопця ще щось путнє вийде. Отож Данієл влаштувався розносити місцеву газету щоранку за копійки — але для нього це виглядало майже як підвищення від самого мера.

Щоранку він під'їжджав до друкарні, завантажував дві величезні полотняні сумки свіжонадрукованими газетами, кожну туго скручену й перев'язану гумкою — готову до запуску крізь усе місто, як паперова ракета.

Цього ранку все було як завжди. Данієл під'їхав до будинку сестер, витягнув один згорток і, з точністю баскетболіста, запустив його в повітря. Газета влетіла прямо в кошик біля дверей — саме туди, куди завжди мали падати і газети, і купа листівок, які вони ніколи не читали. Посміхнувшись, задоволений своєю точністю, Данієл поїхав далі — до будинку Джека, сповнений впевненості.

Під'їхавши до хвіртки, він дістав черговий згорток, замахнувся, як пітчер на бейсбольному полі, і жбурнув його в напрямку веранди — прямо до маленького круглого столика, куди завжди влучав. Але в ту мить щось незвичне кинулося йому в очі. Джек сидів у кріслі. Данієл ще ніколи не бачив Джека надворі. Це його збило з пантелику.

Рука хлопця сіпнулася, кидок вийшов кривуватим, газета закрутилася в повітрі акробатичним обертанням і з ідеальним комічним розрахунком влетіла Джеку прямо в лоб. Бух!

Тіло Джека сіпнулося, і рука безвладно впала набік. Важка книжка, яку він тримав, грюкнула об підлогу веранди з фатальним звуком.

Данієл застиг, очі вирячилися, серце загупало. Це було погано. У його уяві Джек от-от підскочить із крісла, лаючись на всі лади, як це робив старий містер Раян, коли вдарявся мізинцем. Але Джек не рухався. Просто сидів, моторошно нерухомий.

Хлопець стояв як укопаний, чекаючи на будь-який знак життя — хрип, здриг, хоч щось. Але Джек був таким же нерухомими, як манекен у магазині.

Зростаючи у тривозі, Данієл обережно притулив велосипед до огорожі. Він на пальчиках попрямував до веранди, як кіт, що пробирається до кухні після того, як розбив вазу. Кожні кілька кроків він зупинявся, прищурювався, і крадькома йшов далі. Нарешті він опинився за два кроки від чоловіка, серце билося в грудях, мов барабан.

Джек сидів спокійно і нерухомо, мов садовий гном, схилившись у кріслі. На обличчі не було жодного виразу, жодного руху — нічого.

Данієл проковтнув клубок у горлі, подумавши: Нехай він просто спить... ну будь ласка, нехай спить... Але щось глибоко всередині підказувало, що це не так. Він легенько смикнув рукав Джека. Рука опала, як мішок картоплі, стукнувшись об ніжку крісла з глухим звуком. Серце шалено забилося. Данієл доторкнувся до щоки — вона була холодною, непривітною і жорсткою, немов хтось замінив живу людину на садову статую. Хребтом пробіг мороз, і хлопця охопила паніка.

Не думаючи ні секунди, він зірвався з місця, злетів із веранди, скочив на свій скрипучий велосипед і понісся щодуху. Йому треба було комусь розказати про пригоду. А точніше — мамі. Вона завжди була тією, кому він зізнавався у всьому: від загубленого домашнього завдання до випадкового удару людини газетою по голові.

Волосаті ноги і свята брехня

Тим часом удома Марта готувала сніданок для пастора Бена, який навідався зранку, знаючи, що Даніель розноситиме газети. Після особливо бадьорої ранкової «зарядки» (і зовсім не тієї, що передбачає пробіжку), пастор розлігся на її ліжку, однією рукою задоволено погладжуючи живіт, а іншою ліниво перегортаючи в уяві свій «святий фотоальбом» останніх духовних... і не дуже духовних моментів.

Марта, загорнута в довгий шовковий халат золотистого кольору, що виблискував, мов гігантська монета, виглядала просто приголомшливо — наче справжній джекпот на двох ногах. А для пастора Бена вона, без сумніву, грала на всіх його струнах — як духовних, так і тілесних.

З грайливою усмішкою Марта увійшла до спальні, тримаючи піднос і обережно поставила його перед захопленим гостем. Пастор Бен усміхнувся, мов дитина на Різдво, коли вона почала годувати його шматочок за шматочком — з тією ніжністю, з якою мати годує свого розбещеного малюка.

Вона піднесла до його рота виделку з омлетом і беконом, і він жваво почав жувати, вдячно киваючи головою між ковтками. Після ще кількох шматочків вона піднесла до його вуст витончену чашечку кави, мов напій безсмертя.

Бен зітхнув з блаженством між ковтками, розслабившись, наче римський імператор, який щойно підкорив і омлет, і серйозну спокусу. Якщо рай і існує на землі, то смакує він, мабуть, яйцями, беконом і сумнівними рішеннями.

Смакуючи момент, пастор подумав: «Можливо, я й лечу прямісінько до пекла, але який же гарний пейзаж за вікном».

— Ммм… — нарешті глибоко зітхнув пастор Бен. — Марто, ти — найчарівніша і найпрактичніша жінка, яку я будь-коли знав.

Ще світилася після ранкових «вправ», Марта тепло усміхнулася.

— Бене, любий, хіба не час сказати Даніелю правду? Можливо, всі його проблеми через те, що він не знає, хто його батько.

Бен, саме зробивши ковток, тут же захлинувся кавою. Після дикого приступу кашлю, що скидався на те, як кіт відхаркує клубок шерсті, він прохрипів:

— Ти хочеш мене вбити?! Я маю пожертвувати своєю репутацією просто перед Різдвом?! А як же великі пожертви на церкву?! Тут ідеться не лише про нас, Марто — це буде скандал! Усе місто вибухне!

— Пробач, любий, — прошепотіла Марта, і в її очах з'явилася раптова провина. — Я не подумала.

У цю ж мить вхідні двері гучно гримнули, і, перш ніж хтось устиг щось сказати, до кімнати влетів Даніель, мов торнадо.

— Ма! — вигукнув він, а потім завмер, вирячивши очі, як дві тарілки, на побачену картину.

Розчервоніла й скуйовджена, мати сиділа на краєчку ліжка у своєму блискучому золотому халаті. З іншого боку, з-під ковдри стирчали дві волохаті чоловічі ноги, розкинуті в безглуздій позі, наче в мультяшного лося. Голова пастора була десь глибоко під ковдрою, невидима для стороннього ока. Тим часом сніданковий піднос хитаючись балансував на його круглому животі, розгойдуючись із боку в бік, мов п'яна гойдалка.

У Даніеля відвисла щелепа.

— Е-е… Що тут відбувається?

— Даніелю! — заверещала Марта, гарячково шукаючи пояснення. — Як ти смієш влітати без стуку?! І чому ти досі не розносиш газети?

Але Даніель, не звертаючи уваги на мамині докори, не зводив очей із тих двох волохатих ніг, що стирчали з-під ковдри, мов ковбаски, що втекли зі сковорідки.

— Це що… пастор Бен? — спитав він, не відводячи погляду.

Марта, яка вже стала кольору вареного рака, захлиналася словами:
— Де ти бачиш пастора Бена?! Про що ти взагалі?!

Даніель звинувачувально вказав пальцем на викривальні кінцівки:

— Ось! Його ноги! Це ж ноги пастора Бена!

Марта різко повернула голову до ліжка, де незаперечно впізнавані волохаті ноги стирчали, мов доказ у справі про моральне падіння. Повисла напружена тиша.

У голові Марти шаленими обертами крутились можливі виправдання. Але коли піднос небезпечно хитнувся на животі пастора, а одна з його ніг смикнулася під ковдрою, вона зрозуміла — виплутатись уже не вдасться.

— Ну… — пробурмотів приглушений голос пастора з-під ковдри, — про «сповідь» можна забути.

Марта зрозуміла, що заперечувати присутність Бена в ліжку марно.

— Пастор Бен просто забіг на хвильку, — почала вона, ліплячи на ходу історію, — перевірити, чи ти вже пішов на роботу, і побажати гарного дня. Але потім йому раптово стало зле. Може, серце. Тож я сказала йому прилягти, поки доктор Шварц не прийде оглянути.

Під ковдрою пастор хреститься з виразом на обличчі, ніби благає про боже втручання, саме в ту мить, коли піднос з тріском падає з його живота на підлогу з гучним ҐРЯСЬ. Він здригається й майже підстрибує, щоби сісти, але Марта встигає схопити його за руку — з жахом, що її син побачить пастора у всій його… наготі.

На щастя, Даніеля, здається, зовсім не турбував голий чоловік у ліжку його матері. Його бліде лице промовляло зовсім про інше.

— Ма... мамо... здається, я вбив Джека, — прошепотів він.

У Марти широко розплющились очі. Вона поглянула на Бена, потім знову на сина — ніби чекала, що він зараз розсміється й скаже, що це просто дурний жарт.

— Ти? Вбив Джека? — повільно перепитала вона, намагаючись осмислити почуте. — Не жартуй так із мамою… і… батьком.

— З ким? — кліпнув очима Даніель.

— З пастором Беном, — вимовила Марта, усміхаючись так натягнуто, що здавалося, її обличчя ось-ось трісне.

Бен, не втрачаючи нагоди, підняв голову настільки, щоб його почули:

— Усі мої парафіяни — мої сини й доньки в очах Господа, — урочисто промовив він, загорнутий у ковдру, немов винний буріто.

Але Даніель не збирався зупинятись.

— Мамо, я справді вбив Джека.

— Зачекай… Старий Джек? — перепитала Марта, тепер уже більше зацікавлена, ніж стурбована. — Той самий Джек — буркотливий пакосник, якого всі ненавидять?

Даніель урочисто кивнув.

— Ідіот? Покидьок? Та смердюча ходяча катастрофа? — додав Бен із надмірним ентузіазмом.

Марта зиркнула на нього з попереджувальним поглядом і приклала палець до губ — мовляв, не час.

Даніель знову кивнув.

Бен театрально перехрестився.

— Ну, нехай спочиває з миром… хоча сумніваюсь, що рай прийме його до себе.

Потім, нахилившись ближче до Даніеля, Бен запитав:

— Але скажи чесно, хлопче, як ти примудрився вбити Джека? Люди роками намагалися позбутися цього старого дурня, а він усе жив і смердів.

Даніель знизав плечима, ніби це була звичайна справа:

— Я влучив у нього газетою. По голові.

Бен підняв брову.

— Газетою?

— Ага. Кинув — і він просто… помер.

Бен прищурився з підозрою:

— Ти часом не загорнув у неї камінь?

— Ні, — упевнено відповів Даніель. — Але я бачив там вашу Біблію.

— Мою Біблію? — Бен завмер. По лобі почала скочуватись крапля поту. — Ту, що зникла минулого тижня?

— Так, — підтвердив Даніель, киваючи.

Очі Бена округлилися від жаху:

— О, Ісусе милостивий! Джек украв мою Біблію, а ти, благословенна душе, покарав його, повертаючи святе письмо! — У нього на очах виступили сльози, і він простягнув руки до Даніеля. — Сину мій! Ти виконав волю Господню!

Але Марта не збиралася миритися з таким святенницьким захватом. Вона вчепилася в Бенову руку, її голос перейшов у панічний шепіт:

— І що тепер робити? Якщо люди дізнаються, що Даніель убив Джека через твою Біблію, вони подумають, що це ти його нацькував! Що ти послав його бити людей в ім'я Господа!

Бен схопився за голову:

— О, Господи, дай мені сили… і, може, ще й хорошого адвоката.

А потім зітхнув і визирнув крізь пальці:

— А краще — дай мені зникнути до Різдвяної служби.

Його посмішка різко змінилася на вираз чистої паніки — ніби йому щойно повідомили, що церковне вино замінили на виноградний сік.

— Так… треба щось робити. Але що? — пробурмотів він, зіскакуючи з ліжка, мов навіжений.

Абсолютно голий і не усвідомлюючи цього, Бен почав ходити кімнатою з інтенсивністю детектива, який збирає докупи деталі вбивства. Його голі сідниці підстрибували при кожному кроці, стискаючись і розтискаючись, ніби й вони брали участь у мозковому штурмі.

Даніель, що досі стояв у дверях, спостерігав у заціпенінні за цим сюрреалістичним видовищем — пасторською дупою та всім іншим, що розгулювало між його ніг без жодного прикриття.

Ця сцена була настільки абсурдною, що Даніеля майже почало заколисувати — ніби дивне походжання пастора мало гіпнотичну дію. Ще кілька секунд — і він би, мабуть, завалився на килим у стані трансу.

Раптом Бен завмер на місці. В його очах заіскрилася божественна іскра натхнення.

— Ми маємо знайти Біблію і знищити всі сліди злочину! — урочисто виголосив він, як генерал, що щойно розкрив геніальний план бою. — Уперед! Жодної секунди на марнування!

І з цими словами він вискочив із кімнати, все ще абсолютно голий, і побіг коридором з тією самою рішучістю, з якою люди тікають від власного сумління.

— Бене! — скрикнула Марта, схопила з ліжка його одяг і кинулася за ним.

За кілька хвилин усі троє вже сиділи в тісному просторі величезного чорного «Кадилака» Бена, що мчав вулицею, мов недоладна команда в найабсурднішій місії свого життя.

Поки Марта возилася з ґудзиками на пасторовому светрі, Даніель сидів позаду — затиснутий між провиною і недовірою — і спостерігав, як мати запихала все нові й нові речі до рук напіводягненого водія, який судомно стискав кермо.

Двигун гаркнув, і «Кадилак» рвонув у бік будинку Джека, а вся ця сцена виглядала так, ніби хтось знімає фільм — десь між дешевим кримналом і божевільною комедією пограбування.

Розгойданий мрець

Спершу шериф Морріс подумав увімкнути сирени — уявляв, як весело буде підкинути трьох бабусь, мов VIP-гостей на ескорті президентського рівня. Але щойно його рука зависла над кнопкою, він передумав. Його не переконала ця дика історія сестер, а будити рано вранці все сусідство навряд чи пішло б йому на користь. Зітхнувши, він тихо підкотив свій патрульний автомобіль до їхнього будинку — двигун муркотів, мов задоволений кіт.

Емілія, Абігейл та Вероніка човгали до вхідних дверей, кожна занурена в копання в своїй маленькій чорній сумочці, мов археологи в пошуках скарбу на дні бездонної прірви. Шериф Морріс сперся на дверну раму, склавши руки на грудях, і спостерігав за цим хаосом. Це нагадувало фокус-шоу без фокусів, але з великою кількістю бурмотіння.

Після кількох довгих хвилин Морріс не витримав. Він зробив крок уперед і обережно повернув ручку дверей. Вона клацнула й легко відчинилася.

— Пані, — сухо мовив він, — ваші двері навіть не були зачинені.

Сестри здивовано кліпнули очима, а потім розвернулися одна до одної — з докірливим шепотом і вбивчими поглядами, ніби кожна звинувачувала іншу в цій недбалості. Морріс ступив у дім і оглянув кімнату. Жодних тіл. Жодних підозрілих дій. Лише легкий аромат старих лавандових саше.

— Він лежав прямо тут! — драматично вигукнула Емілія, вказуючи на голу підлогу біля входу, ніби чекала, що тіло Джека зараз з'явиться з повітря, мов кролик із капелюха.

— Про кого конкретно мова? — запитав Морріс, потираючи скроню.

— Джек! — вигукнули всі три одночасно, немов репетирували заздалегідь.

Морріс підняв брову:

— Ну, Джека тут зараз точно нема, правда ж?

Сестри обмінялися розгубленими поглядами, ніби сам Всесвіт їх зрадив.

— Може… він ожив і пішов додому, — прошепотіла Вероніка, звучачи так, наче й сама в це трохи вірила.

— Живий труп! — пискнула Абігейл і нервово захихотіла, швидше розважена, ніж налякана.

— Або ж… — пробурмотів Морріс, потираючи підборіддя, — він просто добряче вас надурив.

Він підійшов до вікна вітальні й визирнув на вулицю в бік будинку Джека. І ось — як на долоні — Джек сидів на своєму ґанку в кріслі-гойдалці, повільно похитуючись туди-сюди, мов чоловік, якому абсолютно нічим зайнятися.

— Ось і ваш хлопець, — мовив Морріс із посмішкою, вказуючи у вікно. — Сидить собі на ґанку й спостерігає за вулицею, як за повноцінною роботою.

Сестри метнулись до вікна, ледь не спотикаючись одна об одну в бажанні побачити сусіда. І щойно їхні очі зупинилися на Джеку, який спокійно гойдався у своєму кріслі, вони аж зойкнули й відсахнулися, ніби справді побачили привид.

— От мерзотник! — прошипіла Вероніка, стиснувши кулаки. — За таке його треба… вбити!

— Без цього, пані, — втрутився Морріс, піднявши руку. — Одного хибного виклику на день цілком достатньо.

Сестри знітились і розгублено перебирали ногами — усвідомлення, що вони зробили з себе дуреп, було очевидним. У відчайдушній спробі врятувати репутацію вони вирішили: єдиний вихід — задобрити шерифа їжею.

— Шерифе, чи не бажаєте кави з чимось солоденьким? — запитала Емілія з променистою усмішкою.

Вероніка кинулась підмітати розбиту чашку, щось бурмочучи собі під ніс. Абігейл тим часом заварювала свіжу каву, насипаючи мелені зерна з точністю, гідною нейрохірурга. А Емілія вже викладала на кухонний стіл вражаючий асортимент печива, кексів, пирогів і тістечок — вистачило б, аби нагодувати невелике військо.

Морріс, оглядаючи весь цей розкішний стіл, розтягнувся в усмішці від вуха до вуха. Ніяких паперів, ніяких рапортів, ніяких трупів — і гора домашньої випічки. День почав виглядати дедалі краще.

— Ну що ж, — сказав він, вмощуючись на стілець і хапаючи печиво, — якби всі виклики закінчувались ось так, я б сам почав навідуватись частіше.

І з цими словами шериф Морріс взявся до справи, з насолодою занурившись у світ тістечок.

Деякі дні бути шерифом — справжнє солодке задоволення.

Операція «Кадилак»

Пастор Бен помітив поліцейську машину, залишену біля дому сестер, — і серце його впало, мов камінь у колодязь.

— День стає все кращим і кращим, — пробурмотів він із гримасою.

Він повільно проїхав повз, мружачись, намагаючись оцінити ситуацію. Тіло Джека досі мляво сиділо в кріслі-гойдалці. Це означало, що Морріс або ще не побачив трупа, або просто вичікує — можливо, чекає на підкріплення. А знаючи Морріса… той, скоріш за все, просто сидить всередині дому, ласує випічкою і підлещується до сестер.

Бен зупинився біля будинку Джека і звернувся до Марти з Даніелем:

— Сидіть у машині. Нічого не чіпайте і нічого не кажіть. Якщо мене не буде через п'ять хвилин — моліться.

З цими словами він вискочив з автівки й почав пробиратися до дому сестер із тією непоказною обережністю, яку демонструють чоловіки середнього віку в фільмах зовсім іншого жанру.

Притискаючись до кущів, мов бюджетний детектив, він підкрався до кухонного вікна й зазирнув усередину. Його найгірші побоювання справдились. Там був Морріс — обличчя сяє від щастя, він поїдає еклери, ніби сам Господь їх послав. Тим часом сестри кружляли довкола, обкладаючи стіл тортами, печивом і пирогами.

— Скуштуйте яблучний пиріг! — промуркотіла Емілія.

— Ще один кексик! — наполягала Абігейл, уже простягаючи новий.

— Пряник? — солодко запропонувала Вероніка, наче годину тому й не погрожувала вбивством.

Бен закотив очі.

— Чудово. Схоже, єдине, до чого сьогодні дістанеться правосуддя, — це шерифів живіт.

Усвідомивши, що часу обмаль, Бен рвонув через подвір'я до будинку Джека. Не зводячи очей із нерухомої фігури в кріслі-гойдалці, він підкрався на ґанок і легенько штовхнув тіло. Тулуб трохи хитнувся, а потім голова впала вперед на столик.

— Це… сумно, — пробурмотів Бен.

І тоді він побачив її — Біблію, що лежала на підлозі. Мов святий, що тягнеться до спасіння, Бен вихопив її, затиснув під пахвою й кинувся назад до машини.

Він розчахнув дверцята водія й стрибнув усередину.

— Жодних доказів. Валімо звідси! — вигукнув він, заводячи двигун.

— Зачекай, — озвався Даніель, і в його голосі почала звучати паніка. — А як же судмедекспертиза?

Бен застогнав.

— Судмедекспертиза?! Це ж не серіал «CSI», хлопче!

— Так, але ж якщо на лобі Джека знайдуть сліди газетної фарби? А? Це ж приведе прямо до мене!

Бен потер скроні.

— Звідки ти це вигадуєш?

— А відбитки пальців? Наші з вами повсюди! І сліди взуття! Вони все з'ясують!

— Господи, дай мені сили… — пробурмотів Бен, стискаючи кермо. — Навіщо я взагалі в це вплутався?

— А якщо вони все складуть до купи, — додав Даніель із похмурим захватом фаната кримінальних шоу, — нас звинуватять у вбивстві першого ступеня! Ми — співучасники!

Бен різко вдарив по гальмах і обернувся до хлопця з поглядом, повним люті:

— Даніелю, якщо ти зараз не замовкнеш, клянусь, я задушу тебе власноруч — і тоді доведеться пояснювати вже два трупи.

Марта сиділа мовчки на пасажирському сидінні, зціпивши пальцями перенісся, ніби благала про божественне терпіння.

— Ви двоє мене в могилу зведете, — прошепотіла. Вона слухала гарячу суперечку між двома чоловіками, схлипуючи в носовичок і ледве стримуючи сльози.

— Чорт забирай… ми в халепі, — пробурмотів пастор Бен, потираючи скроні, як людина, що молиться про раптовий геніальний порив. — Що нам, до біса, тепер робити?

— Треба позбутися тіла, — урочисто заявив Даніель, відчуваючи раптову хвилю впевненості, ніби він герой якоїсь відомої детективної повісті. — Треба його десь поховати.

— Поховати?! — перепитав Бен, піднявши брову. — Посеред білого дня? І де саме? Прямо тут, під носом у шерифа Морріса? А може, біля маминих петуній?

Даніель випростав груди, не здаючись:

— У лісі!

Бен почухав підборіддя.

— Хм… не така вже й погана думка. Але мені щось не дуже хочеться копати могилу. А якщо тіло знайдуть? Тоді ми по саму шию в розслідуванні. Ні, поховання не варіант.

Очі Даніеля блиснули — в голові вже визрівав амбітніший план.

— Тоді зробімо вигляд, що це була природна смерть! — промовив він із хитрою усмішкою, повністю вживившись у роль кримінального генія, як сам Моріарті з «Шерлока Холмса».

Бен глянув на нього довгим поглядом, а тоді розтягнув губи в усмішці:

— Непогано, хлопче. Ну, і яка в нас причина смерті?

Даніель прищулив очі, складаючи ідеальне алібі:

— Він ішов вулицею… спіткнувся… вдарився головою об бордюр.

Бен нетерпляче махнув рукою:

— Надто людно! Нам треба десь приховати тіло й виграти час. Еклери лише на хвильку стримують Морріса.

І тут Марта, все ще ридаючи в хустинку, змогла видавити крізь схлипування:

— Джек… любив гуляти біля скель… за містом…

Очі Бена спалахнули:

— Геніально! — вигукнув він, плескаючи в долоні. — Пішов на прогулянку, послизнувся, впав зі скелі — миттєва смерть! Ніхто нічого не запідозрить!

Він круто розвернувся.

— Так, забираємо тіло й закидаємо його в багажник, поки Морріс не доїв другий еклер! Скільки в нас часу? Хвилина-дві максимум!

Даніель, сяючи з вух до вух, захлопав у долоні, мов мафіозі:

— Все йде чудово!

Бен метнув на нього косий погляд, коли вони побігли до згорбленого тіла Джека:

— Не радій раніше часу, хлопче. Якщо Морріс нас спіймає — ми не генії, а ідіоти на лаві підсудних за вбивство.

І з цими словами вони зметикували, як підняти безвладне тіло й запхати його до багажника. Бен бурмотів:

— Господи, зроби так, щоб це була остання дурня, яку я зроблю сьогодні…

Щойно багажник з глухим стуком закрився, Бен глянув назад, у бік будинку сестер.

— Час валити. Якщо Морріс добереться до пряників — нам кінець.

Він завів двигун «Кадилака», і з вереском шин машина рвонула з місця — троє аматорів, які загрузли по вуха, сподіваючись, що Господь нині надто зайнятий, аби звертати на них увагу.

Тим часом шериф Морріс сидів за кухонним столом у сестер, задоволено погладжуючи живіт, повний тістечок і кави. Він мав вигляд людини, яка щойно виконала надзвичайно складну місію — пов'язану не зі злочином, а з еклерами. Ліниво усміхнувшись, він промовив до сестер:

— Треба буде заходити до вас частіше.

Три старенькі жінки аж засяяли — вже в уяві розробляли план наступної харчової засідки. Морріс чемно кивнув, вийшов за двері й попрямував до свого патрульного авто з виглядом героя, який сьогодні точно розв'язав одну проблему — голод.

Та коли простягнув руку до дверцят, завмер. Він знав: слід би поговорити з Джеком, поставити кілька запитань про те, що трапилось у сестер. Але сама думка про те, щоб мати справу з тим буркотливим старим дятлом, викликала в Морріса гримасу. Джек мав характер такий же колючий, як і його дихання — і Морріс вирішив, що сварка перед обідом йому точно ні до чого.

Він глянув у бік ґанку Джека — і не побачив нічого. Старого не було, крісло-гойдалка не скрипіло, все довкола дихало тишею й ранковим холодом.

Морріс видихнув із полегшенням:

— Мабуть, десь побрів, — пробурмотів він, радіючи, що уникнув неприємної зустрічі. Він сів у машину, востаннє поплескав себе по животі й завів двигун.

Автівка загула, і шериф відкинувся на сидінні, весело насвистуючи під ніс. Думки вже пливли до теплої поліцейської дільниці… і, можливо, ще однієї чашки кави. Нічого не підозрюючи, що тіло Джека вже мчить у напрямку скель в багажнику пасторового «Кадилака», Морріс виїхав на дорогу, спокійно продовжуючи свій день.

Іноді вдача приходить у вигляді зниклого старого.

Цукрова пудра. Конфіденційно

Сержант Макароні увійшов до поліцейського відділку з виглядом людини при справі, хоча єдиною «справою» в його думках було з'ясувати, куди зник шериф Морріс. У приміщенні панувала підозріла тиша — ані бурчання, ані радіоефіру. Макароні насупився, трохи ображений тим, що його начальник зник без жодного слова. Невже Морріс забув, що всесвіт обертається навколо сержанта Макароні? Нахабство!

Але щойно образа почала осідати, його погляд упав на дещо значно важливіше за шерифа: коробку свіжих пончиків, яку він тримав в руках, мов божественна пожертва. Вони випромінювали священне сяйво, ніби були особисто благословенні богами випічки.

Настрій Макароні змінився миттєво.

— Ого, здається, сьогодні мій день, — пробурмотів він, потираючи руки в уяві, мов лиходій зі своїм ідеальним планом. Нарешті він міг уперше за довгий час узяти свої улюблені пончики, не боячись, що Морріс налетить, мов голодний яструб, і зжере все найкраще.

З ентузіазмом лотерейного переможця Макароні поставив коробку на стіл шерифа і з насолодою вмостився в його розкішне крісло. Сидіння втомлено скрипнуло — чи то від тягаря правосуддя, чи просто від надмірної кількості тістечок. Він поставив чашку чорної кави поруч із пончиками й закинув ноги на стіл.

— Оце, — урочисто проголосив він, — і є справжній закон і порядок.

Сержант Макароні вважав себе щасливчиком. Життя чомусь завжди грало на його боці, особливо враховуючи, що він і його брат Дік — пожежник на місцевій станції — були найзавиднішими холостяками в містечку. Жінки з усіх районів і навіть сусідніх сіл обожнювали братів Макароні. А самі брати? Вони обожнювали свою форму.

Одягнувши свіже випрасувану уніформу, вони почувалися, як кінозірки. Прогулянка головною вулицею перетворювалася на сцену зі сповільненим відео — з млосними поглядами, мрійливими зітханнями і навіть періодичними непритомностями від надто вражених прихильниць. Дехто жив заради слави. А брати Макароні — заради уніформи та захоплення.

Звісно, вони вирішили скористатися популярністю: випустили календар і кілька плакатів із собою у формі. Звісно, все — зі смаком. Фото були настільки глянцевими й стильними, що могли б прикрасити обкладинки модних журналів. Подейкували, що навіть пожежники з іншого округу мали примірники. Макароні любив жартувати, що йому «ще один жетон — і я на обкладинці як топ-модель року».

Відкинувшись у кріслі шерифа, немов король, що оглядає свої володіння, сержант Макароні повільно, переможно зробив ковток кави й урочисто відкрив коробку з пончиками.

— Шериф, може, й керує відділком, — задумливо мовив він, витягуючи ідеально покритого глазур'ю красеня, — але сьогодні пончиками керую я.

У блискучих модельних світах великих міст брати Макароні, можливо, були б просто ще однією симпатичною парочкою. Але у своєму містечку? Вони були живими легендами. І сержант Макароні з радістю підтримував цей статус — пончик за пончиком.

Обидва брати ставилися до своїх тіл серйозно — шліфували кожен сантиметр торсу, рук і ніг у скромному місцевому спортзалі. Хтось качався заради сили. Інші — заради витривалості. А брати Макароні? Вони тренувалися заради захоплених поглядів.

Увечері вони підробляли інструкторами з аеробіки — переважно для жінок, які начебто хотіли скинути зайве, а насправді просто шукали привід подивитися, як брати розтягуються в уповільненому русі. Їх це цілком влаштовувало. Вони навіть заохочували.

Мріючи про те, як їхні календарі й плакати побачить світ, брати працювали ще завзятіше. Вони щиро вірили: їхні обличчя повинні бути увічнені в глянці. Жодна пропозиція не здавалася надто дрібною, і жодне прохання — надто обтяжливим. Особливо, якщо воно надходило від прихильниць із товстими гаманцями й слабкістю до мужніх щелеп.

А тим часом у відділку сержант Макароні насолоджувався рідкісним передріздвяним ранком абсолютного спокою — подарунок рідкісніший, ніж факс, який працює з першого разу. Він підсунув до себе коробку з пончиками, зосередившись на найважливішому виборі дня: з якого почати? «Бостон крем»? «Гавайський»? «Чорний ліс»? Ах, ці дилеми витонченого смаку. Насправді ж він любив усіх — був справжнім пончиковим егалитаріанцем.

Задоволено зітхнувши, він підняв пухкенький пончик, щедро обсипаний цукровою пудрою. Розкрив рота й жадібно вгризся. Його смакові рецептори вибухнули від чистої, солодкої насолоди.

— Оце, — подумав він, — і є справжній внутрішній спокій.

З напівзаплющеними очима, в стані майже трансцендентності, з пудрою на верхній губі, наче першим снігом, сержант Макароні купався в моменті. Якби дорога до щастя була вистелена вуглеводами — він би вже був на півдорозі до нірвани.

— Хх... Хх...

Хрипкий кашель розірвав його пончикову медитацію на друзки.

Очі Макароні розплющилися, і він ледь не вдавився. Перед ним, наче примари, що вийшли з туману нуарного фільму, стояли троє темношкірих чоловіків, які мовчки втупилися в нього. Серце пропустило удар. Мозок миттєво перейшов у поліцейський режим. Але обличчя... все ще було вкрите цукровою пудрою, тож виглядав він не як загартований охоронець порядку, а як розгублений пончиколюбний сніговик.

Проковтнувши шмат тіста, що застряг у горлі, він хрипло вимовив:

— Вам чимось допомогти? Серйозно, так підкрадатися — найпростіший спосіб отримати кулю. А про стукання чули?

Вкотре він пожалкував, що не встановив на двері дзвіночок. Дрібниця — але важлива, особливо проти несподіваних візитерів, які виглядають так, ніби щойно вийшли зі сцени допиту у кримінальному серіалі.

— Слухаю! — заявив Макароні, вирівнюючи спину й намагаючись повернути собі професійну гідність, попри цукрові вуса, що нікуди не поділися.

Але Боб, Ґреґ і Френк лише стояли, не ворухнувшись, з напіввідкритими ротами — мов троє розгублених золотих рибок. Мовчанка затяглась — така густа, що її можна було намазати на тост.

— Ну? — підштовхнув їх Макароні, постукуючи пальцями по столу. — Кіт язика відкусив? Чи ви прийшли подивитись, як я жую?

Ґреґ, найсміливіший з трьох, прокашлявся:

— Ем, ну… ми просто проходили повз… вирішили перевірити… ну, чи щось, бува, не сталося?

Макароні прищурився:

— Щось сталося? Наприклад? Санта пограбував винний магазин? Хтось украв міську ялинку? Дайте хоч якийсь напрям!

— Ем, ні… ми просто… ніхто сьогодні не був заарештований, правда ж?

Макароні склав руки на грудях:

— Заарештований? А кого, на вашу думку, мені мало б кортіти заарештувати? Листоношу? Того, хто прикрасив свій двір занадто яскраво? Будьте конкретні, хлопці.

— Е-е… нікого, — пробурмотів Ґреґ, різко зацікавившись власним взуттям.

Повисла незручна, гнітюча тиша. Макароні відчув, як його остання нервова клітинка тріснула, мов дешевий льодяник. Усе, чого він хотів, — це просто спокійно поїсти пончик. Невже це забагато?

— Якщо це все… — пробурмотів він, махаючи рукою, обсипаною пудрою.

Тріо ввічливо кивнуло, щось промимрило на кшталт «до побачення» й потупцем вийшло з кабінету з таким ентузіазмом, ніби їх спіймали на тому, що вони нишком підглядали за різдвяними подарунками.

Коли двері зачинились, Макароні схопив ще один пончик, рішуче налаштований повернути собі ранок. З пудрою, з начинкою, з глазур'ю — він не був вибагливим. Щастя, зрештою, буває в різних смаках.

А тим часом просто під відділком Боб, Ґреґ і Френк стояли, збившись у купку на прохолодному ранковому повітрі. Їхні обличчя відображали суміш тривоги й легкого розладу в шлунку.

— То… що тепер? — запитав Ґреґ, порушуючи мовчанку.

Вони перезирнулися, кожен сподіваючись, що хтось інший вигадає диво-рішення. Нарешті Боб зітхнув:

— Схоже, повертаємось до дівчат… і вирішуємо, що робити з тілом Джека.

Запала тиша. Потім Френк злегка знизав плечима:

— А чого тягнути? Само ж воно не піде.

І з цими словами всі троє поплентались у ранок — так, ніби позбутися тіла було просто ще одним пунктом у списку справ: десь між покупкою молока й відправленням різдвяних листівок.

Погранична швидкість

— Оце так вид! Який пейзаж! — вигукнув пастор Бен, стоячи переможно на вершині скелі, з розведеними в боки руками, мов телевізійний проповідник, що благословляє паству. Тільки сьогодні його «паства» складалася з гострих каменів, дикої трави і підозріло осудливого яструба, що кружляв над головою.

— Як я раніше цього не помічав? Не дивно, що Джек любив тут гуляти. І саме тут… він знайде свій кінець!

Марта й Даніель стояли обабіч нього, на мить заворожені краєвидом. Це був той самий тип краси, що змушує людей замислитися над сенсом життя — або, в їхньому випадку, над логістикою позбавлення тіла.

— Я проїжджала повз це місце сто разів, — буркнула Марта, похитавши головою. — Ніколи навіть не подумала пригальмувати.

Край скелі обривався різко, а нижче — каміння, що стирчало мов середньовічні знаряддя тортур. Далі земля вирівнювалася, переходячи в поле старого фермера Джона Галушки, де кілька похилених сараїв ще трималися виключно завдяки вірі — і, можливо, кільком іржавим цвяхам. А за полем розстилався блискучий під сонцем ставок, що за формою нагадував тепличний огірок — довгий, блискучий і… надто конкретний.

Праворуч від поля — причал для порому, самотній привид минулого. Формально пором і досі працював, але це було «працює» лише на папері: розклад радше був побажанням, ніж зобов'язанням. Місцеві уникали його, якщо тільки не охоплювала ностальгія, безвихідь або жага запізнитися.

Колись пором був життєво необхідним. Ніхто не хотів робити 40-кілометровий гак навколо озера, тож вибирали водний шлях. Просто, зручно — і головне, не треба було слухати старого Ґреґа на заправці, коли той знову заводив розповіді про «старі добрі часи», які не були ні добрими, ні особливо цікавими.

Але потім прийшов прогрес, як це з ним буває — не спитавши дозволу. Нова дорога перетнула саму скелю, на якій зараз стояли троє, і зробила пором практично непотрібним. Хіба що для туристів, яким усе ще здається, що це «таке миле ретро».

Пастор Бен глибоко й драматично вдихнув свіже, пахуче хвоєю повітря — ніби збирався продавати його в флаконах під назвою Eau de Small Town. Видихнув із задоволенням, поставивши руки на стегна.

— Так, — сказав він, оглядаючи простір, наче обирає ідеальну ділянку для поховання. — Ідеальне місце, щоби Джек відкинув капці.

— Трохи поваги не завадило б, Бене, — простогнала Марта.

— Гей, — усміхнувся Бен, — не щодня вдається обрати ідеальне місце для чийогось трагічного кінця.

Даніель, який до цього мовчав, усміхнувся й додав: — Зате в Джека буде вид, заради якого варто вмерти.

Пастор Бен розсміявся і хлопнув сина по плечу: — Оце дух!

Вони на мить завмерли в мовчанні, дозволяючи абсурдності й красі моменту проникнути в свідомість. Унизу, під скелею, поле грілося під сонцем, озеро виблискувало, мов картинка з туристичної брошури, а старий пором ледь погойдувався на воді, чекаючи свого (можливо, не дуже добровільного) пасажира.

— То що… — нарешті озвалася Марта, поправляючи сонцезахисні окуляри. — Як саме ми збираємося це все провернути?

Бен почухав підборіддя:

— Ну, з хорошого — скеля досить крута. Гравітація зробить основну роботу.

Даніель кивнув:

— А якщо що, пором ще там. Можна… ну, переправити щось через озеро.

Марта зітхнула й потерла скроні:

— Я вас благаю… ви двоє насолоджуєтеся цим трохи забагато.

Бен усміхнувся:

— Гей, якщо ми вже це робимо, то хоча б із гарним краєвидом.

І з цими словами всі троє стали пліч-о-пліч — майже ідеальна картина сімейної ідилії… якби не той факт, що вони спокійно обговорювали, як позбутися трупа.

— Ну що, час до роботи! — урочисто виголосив пастор Бен, потираючи руки, мов чоловік, який от-от почне різати індичку на День подяки. — Це місце ідеальне для нещасного випадку. Прогулянка, вид зачаровує… і хоп! Полетів. Тут можна не лише зламати шию — є як мінімум два десятки способів загинути. Оце я розумію — ефективність!

Із цими словами він рішуче пішов до машини й відчинив багажник. Тіло Джека лежало всередині, виглядало таким же "охочим до співпраці", як і за життя.

— Добре, на рахунок три, — просопів Бен.

— Раз, — порахувала Марта, хапаючи Джека за плечі.

— Два, — пробурмотів Даніель, приглядаючись до своїх черевиків, аби не забруднити.

— Три!

Скоординованим зусиллям вони витягли тіло, охнувши від ваги. Як виявилося, мертві значно важчі за живих — принаймні тому, що абсолютно не допомагають. Вони потягли його до самого краю скелі, зібрались із духом — і дали фінального поштовха.

Тіло Джека полетіло вниз, як невдало кинутий манекен, відскакуючи від каміння, закручуючись у повітрі, мов гімнаст, який фатально прорахувався… і зрештою зникло на стрімкому схилі.

Повисла тиша.

— Ну, — промовив Даніель, витираючи руки, — це було… драматично.

Марта зазирнула вниз:

— Десять балів за виконання. Але трохи втратили на приземленні.

Бен плеснув у долоні, задоволений:

— Так, гайда звідси, поки хтось не вирішив раптом вийти на ранкову прогулянку.

Вони швидко позаскакували в машину; за мить двигун заревів. Шини підняли хмару пилу, коли авто рвонуло в бік міста, а пасажири підстрибували на сидіннях, мов у якомусь морбідному атракціоні.

Це могла б бути цілком звичайна недільна поїздка — якби не надзвичайно тривожна обставина, яку вони щойно залишили позаду.

Марґо, шлюб і трохи вбивства

Тим часом унизу, на вузькій звивистій дорозі до старого порому, біля підніжжя скелі, тарахкотів пошарпаний пікап. Він котився краєм чорного поля, здіймаючи хмари пилу, як астматичний мул.

За кермом сидів суддя Кроп, стискаючи кермо з такою силою, ніби шкодував про життя загалом. На пасажирському сидінні, підправляючи сонцезахисні окуляри з енергією голлівудської діви, сиділа його вогненно-руда молода дружина Марґо — удвічі молодша й утричі небезпечніша.

Вони поверталися додому після бурхливої ночі у великому місті — хоча це була аж ніяк не та ніч, про яку суддя збирався писати у мемуарах.

Суддя Кроп, релікт давно минулої епохи, ніколи й не планував одружуватись удруге. Йому цілком вистачало життя вдівця: тихий будинок, передбачуваний розпорядок, жодних різких рухів. Але потім у його життя увірвалась Марґо.

Марґо не визнавала відмов. Вона не розуміла навіть «будь ласка, заради Бога, залиш мене в спокої». Смілива, пишна секретарка просто зі школи, вона володіла дивовижною здатністю з'являтися всюди й у найменш зручні моменти. Вона була як колектор, тільки полювала не за боргами, а за чоловіком.

Уперта, як боксер-професіонал, і статурна, Марґо не потребувала фізичної сили: одного добре приціленого осудливого погляду вистачало, аби найвпертіший чоловік переглянув свої життєві плани. І щойно вона вдерлась у життя судді, часу не гаяла. За кілька тижнів уже міцно тримала руку на його майні — зокрема й на напрочуд прибуткових акціях у африканських золотих копальнях.

Коли фінансова база була закладена, Марґо взялася за інші форми підкорення.

Що саме відбувалося між нею й суддею в ліжку — одна з найзагадковіших тем у місті. З огляду на його вік і майже повну байдужість до жінок, уявити цю сцену мешканцям було нелегко. Чи мала Марґо надприродні здібності? Чи був укладений якийсь юридичний договір? Ніхто не знав напевно. Але якось вранці суддя вже обіцяв одружитись — рішення, до якого він не йшов, але якого, схоже, не міг уникнути.

Юридична робота в їхньому сонному містечку була такою ж захопливою, як порожній зал суду. Справ у судді було небагато. Паперами займалася Марґо — ефективно й без зайвих питань. Утім, більшість часу вона присвячувала глянцевим модним журналам і ретельному поповненню колекцій білизни, косметики та дизайнерського одягу.

Єдине, що Марґо любила більше за шопінг, — це змушувати суддю платити за все. І він платив — частково з почуття обов'язку, але переважно з інстинкту самозбереження. Суперечити Марґо — це все одно, що намагатись зупинити товарний потяг чайною ложечкою.

Пікап тарахкотів дорогою під скелею. Суддя кинув нервовий погляд на дружину. Величезна скеля височіла над ними, відкидаючи довгі тіні на вузьку дорогу, посилюючи відчуття тривоги.

— Як думаєш, хтось бачив, як ми виїжджали з міста? — запитав він, витираючи піт з лоба.

Марґо усміхнулась, поправляючи окуляри з тією впевненістю, яку мають лише жінки, котрим немає чого боятись:

— Розслабся, старий. А навіть як і бачили — ніхто не посміє й слова сказати.

Суддя зітхнув, ще сильніше вчепившись у кермо. Одруження з Марґо, можливо, й було найхимернішим юридичним кроком у його кар'єрі, але одне було очевидним: з нею нудьгувати точно не доведеться.

Загалом, шлюб судді Кропа був… терпимим, хоч і нетрадиційним. Та була одна проблема, що нависала над ними, як гроза: він просто не встигав за юною, пристрасною дружиною та її нескінченними енергетичними запитами.

Щоб уникнути скандалів і гучних сцен, Кроп винайшов компроміс. Кожні два тижні вони виїжджали до великого міста на сеанс «шопінг-терапії» і… позапланових розваг.

Це було далеке від класики, але, чесно кажучи, нічого традиційного в його житті не залишилося з того моменту, як у нього з'явилася Марґо.

І поки вони котилися далі дорогою, не підозрюючи, що (або хто) саме стрімголов летить зі скелі над ними, було зрозуміло одне: справжні пригоди ще попереду.

Першу половину дня вони присвячували шопінгу — здебільшого покупці мереживної білизни, яка, за словами Марґо, була «життєво необхідною», хоча її запасів вистачило б, щоб відкрити власну крамничку у французькому стилі. Друга половина дня? Час на відпочинок. Вона вирушала до жіночих стриптиз-клубів, розважатися з такою пристрастю, що охоронці нервово ковтали слину.

У «особливі вечори» пара знімала готельний номер, куди Марґо запрошувала інших чоловіків — для нічних «надзвичайних занять». У цей час суддя тихенько сидів у кутку, читаючи газету, попиваючи каву й роблячи вигляд, ніби його цілком поглинула рубрика кросвордів, а не те, що відбувається на ліжку.

Хоча суддя мав два автомобілі, його улюбленцем залишався старий пікап. Його багажник ідеально підходив для транспортування плодів шопінг-рейдів Марґо — взуття, одягу, антикваріату й, одного разу, навіть порцелянової гуски у повний зріст, яку вона мусила мати. Головне — тримати ці поїздки в таємниці. Востаннє, чого йому хотілося, — це щоб хтось у місті дізнався надто багато про їхні подружні «традиції». На щастя, їхній будинок стояв по той бік озера, і стара поромна дорога була затишним, майже таємним маршрутом.

Пікап торохтів по тихій дорозі. Марґо потягнулась з насолодою, позіхаючи, як втомлена домашня кицька.

— Гарбузику, нам треба частіше їздити в місто, — муркнула вона. — Я хочу сексу щодня!

Кроп судомно стиснув кермо обома руками, аж скрутився.

— Люба… хіба ми не купували ті… речі в магазині для дорослих? Хіба вони не можуть тебе… трохи розважити?

Марґо закотила очі з такою силою, що диво, що нічого не зламала:

— Я не хочу бавитись із шматком пластику! Мені потрібен справжній чоловік! — Вона зробила паузу, а потім хижо посміхнулася: — І не один — а багато.

Суддя втупився в дорогу, намагаючись не зробити жодного зайвого руху. Він добре знав, що дозволяти цій розмові набирати обертів — небезпечно.

— Люба, — обережно почав він, — давай поговоримо про це вдома, добре? Я вже три години за кермом і занадто втомлений для цієї дискусії.

Марґо фиркнула й схрестила руки на грудях, як ображена дитина, якій заборонили десерт.

— Завжди одне й те саме! Щойно я кажу про свої потреби — в тебе знаходиться якась відмазка! — Її великі очі наповнились слізьми, гідними «Оскара». — Ти мене зовсім не любиш, гарбузику! Ти жахливий!

Кроп знову глибоко зітхнув — тим самим важким зітханням, якому його навчили роки вислуховування абсурдних юридичних аргументів.

— Не вигадуй, люба. Ти ж знаєш: я зроблю для тебе все.

Сльози Марґо випарувались миттєво — на обличчі з'явилася яскрава, хитра усмішка.

— Усе? — солодко перепитала вона.

Кроп негайно пожалкував про свій вибір слів.

Марго заплескала в долоні від захвату:

— Тоді відкриємо стриптиз-клуб! Брати Макароні — ідеальні для головної сцени! Тільки уяви: ці двоє на подіумі, танцюють, жінки кидають у них гроші… Ми заробимо ціле багатство!

Вона відкинулася на сидінні, очі заблищали — в уяві вже йшло велике національне шоу: переповнені зали, грошові дощі, і брати Макароні — на сцені з виступом, який увійде в історію.

Кроп ще сильніше стиснув кермо, ледь не застогнавши від внутрішньої втоми.

Звичайно, подумав він. Тільки їй могло спасти на думку щось таке.

І все це — заради кохання. Або хоча б заради збереження миру в домі.

Суддя різко натиснув на гальма… принаймні, він так думав. Насправді ж його нога натиснула на газ, і пікап різко рвонув уперед, мов розлючений бик на родео, змусивши Марго вирватися з фантазій і повернутись у сувору реальність тряскої їзди.

— Ти що, хочеш мене вбити, чи просто настільки жахливо водиш?! — заверещала Марго.

— Люба, ти мене відволікаєш! — крикнув Кроп, стискаючи кермо до білого кольору пальців. — Я не можу кермувати, коли ти кожні дві секунди вигадуєш божевільні ідеї!

— О, тільки не починай! Просто скажи — ти мене ненавидиш! Ти хочеш мене позбутись! — закричала Марґо, і її обличчя зморщилося в такій драматичній печалі, що хоч бери й давай їй «Оскара». Сльози потекли щедро — щирі чи ні, невідомо, але віддавалась вона цій сцені з повною самовіддачею.

Кроп іще не встиг нічого відповісти, як Марґо з театральним надривом кинулась йому на плече, повністю закриваючи кермо й лобове скло.

— Марґо! Заберися з мене! Я нічого не бачу! — закричав Кроп, у паніці.

І тут — БУХ!

Машина підстрибнула в повітря, немов наїхала на трамплін на шоу монстр-траків, а потім з гуркотом гепнулась на землю, аж у зубах затріщало. Цього разу Кроп влучив у потрібну педаль і натиснув на гальма — пікап зі скреготом зупинився, здіймаючи хмару пилу.

— Що це, до біса, було? — прохрипіла Марґо з круглими, наляканими очима.

— Мабуть, камінь, — буркнув Кроп, хоча звучав не дуже переконливо.

Марґо кинула на нього скептичний погляд збоку:

— А може, ти справді намагаєшся мене прибити?

Кроп видихнув носом:

— Люба, ти просто душила мене під час водіння. Я нічого не бачив. Взагалі нічого.

Обидва вилізли з машини, щоб розібратися. Вони оглянули капот, бампер і передні колеса. Дорога була чиста — жодних каменів, колод чи навіть безпритульної білки.

— То звідки, чорт забирай, це взялося? — буркнув Кроп, витріщившись на свіжу вм'ятина на капоті.

— Присягаюсь, п'ять хвилин тому її тут не було! — пробурмотів він уголос, почухуючи потилицю в повному здивуванні.

Марґо смикнула його за рукав:

— Гарбузику, глянь он туди. — Вона вказала на рівчак обабіч дороги.

У неглибокій западині, всього за кілька кроків, лежало мляве брудне тіло.

— О, ні… — прошепотів Кроп, примружившись, не вірячи очам.

Марґо нахилилася ближче для кращого огляду. І тоді видала вереск:

— Святі корови! Та це ж Джек!

— Ага. Це Джек, — підтвердив суддя, стоячи в ступорі.

— Що, до біса, цей ідіот робив тут? — буркнув Кроп, усе ще намагаючись осмислити побачене.

Марґо усміхалась так, ніби щойно виграла джекпот:

— Гарбузику, ти переїхав Джека? Ти щойно його вбив?

— Якби ти не накинулась на мене під час водіння, цього б не сталося! — огризнувся Кроп, розводячи руки.

Але Марґо це анітрохи не збентежило. Навпаки — вона виглядала абсолютно захопленою.

— То тебе тепер посадять? Ти поїдеш у в'язницю? — запитала вона з очима, повними цікавості й захвату.

Кроп застогнав, витираючи піт з чола:

— Не говори дурниць.

— Але ж, гарбузику, — промуркотіла Марґо, насолоджуючись хаосом, — ти переїхав того жахливого чоловіка. Не хвилюйся! Його ніхто не любив. Ти станеш героєм! Люди дякуватимуть тобі за те, що позбувся цього мізерного бовдура!

Кроп уже відчував, як потіє з ніг до голови, а в голові почали вимальовуватись кошмари: судді з кам'яними обличчями дивляться на нього, мов учителі, розчаровані поведінкою учня. Тісна тюремна камера з іржавими ґратами й клаптем сірого неба за вікном. Справжній жах.

— Замовкни, Марґо! Ми просто зробимо вигляд, що нічого не сталося. Коли його знайдуть, подумають, що він впав зі скелі. І крапка.

Марґо нахилила голову, ледь насупившись:

— Але ж, гарбузику… а як щодо вм'ятини на капоті? І фарби, яку знайдуть на його одязі?

Кроп втупився в неї, приголомшено кліпаючи очима.

Марго мала рацію, і суддя Кроп це знав. Їм доведеться діяти радикально, якщо вони хочуть вибратись із цієї каші й не опинитися за ґратами. Але що саме вони мали робити? Він стояв над бездушним тілом Джека, потираючи потилицю, намагаючись зібрати докупи бодай дві логічні думки.

— Гарбузику, треба позбутися трупа, — сказала Марго тоном, ніби пропонувала винести сміття. — Якщо ніхто не знайде тіло — нас ні в чому не звинуватять.

— Тобто… закопати? Десь, куди ніхто ніколи не подумає заглянути? — нерішуче припустив Кроп, відчуваючи себе цілковитим новачком у темі.

— Не обов'язково, — відповіла Марго, вже обмірковуючи план. — Можна скинути його в озеро. Сьогодні вночі обіцяли заморозки, а завтра — снігопад. Ніхто не знайде його до весни, а тоді він буде в такому стані, що й не впізнають. А капот ми замінимо. Або взагалі позбудемося пікапа. — Вона хитро усміхнулась. — Проблема вирішена. Що скажеш, гарбузику?

Очі Кропа засяяли дитячою радістю:

— Люба, ти неймовірна! Це геніально! Робімо це!

Окрилений, він опустився навколішки, щоб узяти тіло Джека за руки… і тут же завалився назад, хрипко задихаючись. За хвилину він просто лежав на землі, відсапуючись, а тіло Джека лежало непорушно й байдуже.

Марго спостерігала за його спробами з тією терплячістю, з якою дорослі дивляться, як дитина намагається зав'язати шнурки. Нарешті вона зітхнула й підійшла ближче:

— Відійди. Я сама.

Без жодного напруження вона підняла тіло Джека, перекинула його собі через плече і впевнено попрямувала до пікапа. Одним рухом закинула його в кузов, немов мішок із картоплею. А потім, із точністю професійного вантажника, прикрила тіло картонними коробками та пакетами — набитими новими туфлями, сукнями та білизною з останнього шопінгу.

Кроп лише стояв, вражено дивлячись на дружину:

— Люба, ти могла б знятись у фільмі про Геркулеса, — пробурмотів він захоплено і спантеличено одночас.

Марго підморгнула:

— Геркулес не виглядав би так добре в цій білизні.

— Вірно сказано, — тихо пробурмотів Кроп, усе ще задихаючись.

Марго струснула пил із рук — тепер вона була вся у справі:

— Так, слухай план: коли будемо на поромі, посеред озера, ти відволікатимеш Макса, поромника, своїми нудними балачками. А я тим часом скину Джека у воду.

Вона нахилилася, підняла добрячу каменюку з узбіччя й жбурнула її в кузов пікапа.

— Покладемо це йому під светр, — сказала вона, витираючи руки об джинси. — Щоб він, бува, не сплив, як поплавок, перш ніж озеро встигне замерзнути.

Кроп стояв із роззявленим ротом, дивлячись, як його дружина діє з дивовижною ефективністю мафіозного прибиральника. Вона розрулювала ситуацію з упевненістю людини, яка подивилась надто багато кримінальних драм. І засвоїла з них кожну пораду. Насправді, вона була як жива енциклопедія з утилізації тіл.

— Знаєш, — пробурмотів Кроп, — мені здається, ти не туди подалась. З тебе вийшов би блискучий кримінальний мозок.

Марго лукаво всміхнулась:

— Або просто дуже ефективна дружина.

Кроп похитав головою з подивом. Те, що починалося як вельми сумнівне подружнє рішення, виявилось наймудрішим вчинком його життя. Бо якщо він і дізнався щось напевне — то це те, що врятує його не закон і не везіння.

А Марго. І з нею поруч йому здавалося, що йому нічого не страшно. Ну… якщо він триматиме її задоволеною.

Зникнення без пульсу

117

Пікап судді гуркотів у бік озера, підскакуючи на вибоїнах старої дороги до порому, мов родео-бик, який серйозно переглянув свої життєві рішення. Ця дорога не бачила жодного ремонту вже понад двадцять років — відколи з іншого боку міста проклали новеньку автомагістраль. Кожен удар колеса підіймав маленькі хмарки пилу, ніби сама дорога зітхала з втоми.

Макс, поромник — худорлявий старий чоловік, якого тримали купи впертість і дим від люльки — побачив, як пікап судді жене униз до причалу. Він почвалав до пірсу з ентузіазмом людини, що не бачила нічого захопливого з часів великої пожежі в магазині «Наживка і вудилище» у 2008-му. Він і так чекав суддю з Марґо з хвилини на хвилину — знав, що ті мали ось-ось повернутись.

Машина влучала в кожну яму з точністю, що заслуговувала на повагу снайперів, і тарахкотіла так, ніби її тримали докупи лише ізоляційною стрічкою, схрещеними пальцями й волею авто-богів.

А потім сталося.

З металевим КЛАЦ!, задній борт пікапа вирішив, що з нього досить, і просто відвалився. Із нього вилетіло тіло Джека.

Зазвичай тіла не мають звички випадати з машин. Але Джек, навіть після смерті, вирішив вирізнитися. Його млява рука зачепила одну з сумок із покупками Марґо, й у повітря злетіла пара скандально-червоних мереживних трусиків.

Делікатна тканина парила в небі, мов яскравий тропічний метелик, зробивши витончене сальто, перш ніж лагідно опуститися на пірс — так, ніби це все було ретельно сплановано.

Сам Джек виглядав менш граційно. Він гепнувся об край пірсу й зручно зачепився за чорний швартовий стовпчик. Але всесвіт вирішив, що приниження ще не достатнє. І ті самі червоні мереживні трусики, які ще мить тому літали, мов знак згори від богів комедії, плавно опустилися... просто на обличчя мертвого Джека.

Тепер він виглядав як найбільш невдалий різдвяний декор в історії.

Тим часом суддя Кроп і Марго, навіть не підозрюючи про посмертний модний показ за їхньою спиною, вже стояли на борту порома, захоплено балакаючи з Максом про останні міські плітки.

Суддя та поромник сперлися на дерев'яне огородження, спостерігаючи, як протилежний берег повільно наближається — трохи швидше, ніж рух континентальних плит.

Удалині на воді погойдувався невеликий човен із маленькою кабінкою.

— Хто ще влаштовує човнову прогулянку в середині зими? — прищурився Кроп.

Макс затягнувся своєю вічною люлькою, випустивши хмару диму таку густу, що та на мить могла вважатися погодним явищем.

— То мер, — промовив він з усмішкою.

— Мер? Пан Попкін? — Кроп підняв брову, наполовину переконаний, що старий із нього кепкує.

— Саме він, — кивнув Макс. — Напевно, хоче трохи тиші перед різдвяною метушнею.

— То він що, рибалить?

— Та ні, — сказав Макс, усміхаючись з-під люльки. — Швидше за все, дрімає у своїй кабінці з пляшкою коньяку. Називає це «перезарядкою».

Кроп похитав головою в повному здивуванні:

— Я не знав, що мер полюбляє човни.

— А тільки тоді, коли дружина доведе його до сказу, — хихикнув Макс.

Поки двоє чоловіків далі перемивали кісточки місту, Марґо неспішно рушила до пікапа, аби впевнитися, що все на місці. Вона зазирнула в кузов — і її серце провалилося десь до п'ят.

Джека не було.

Шлунок скрутився в вузол. Вона почала гарячково ритися в пакетах — туфлі, сукні й білизна розліталися навсібіч, мов під час навіженого розпродажу. Але тіла — ані сліду.

Вигнувшись над кузовом, вона зазирнула під авто, потім обійшла його, мов детектив на особливо ніяковому місці злочину — все марно. Ніяких тіл. Навіть самотньої шкарпетки, яка могла б хоч натякнути, куди зник їхній дорогий покійник.

— Куди, чорт забирай, він подівся? — прошипіла вона, вперши руки в боки й втупившись у порожній кузов, наче той от-от зізнається у своїх гріхах.

Джек «випав» десь між ямами на дорозі та причалом — мов актор бойовика, тільки мертвий і з катастрофічним відчуттям моменту.

Марґо потерла скроні. Самого факту, що в них на руках труп, було мало — тепер ще й труп вирішив утікати самостійно.

А ще гірше? Її чоловік і далі весело теревенив із Максом, нічогісінько не підозрюючи про втрату «вантажу» — мов якийсь заборонений вантаж від Amazon, що «загубився в дорозі».

Марґо зітхнула:

— Ну що ж, — пробурмотіла вона, — схоже, Джек вирішив достроково вийти на пенсію… і нікому не сказав.

Вона підкралася до судді й прошепотіла йому у вухо:

— Труп зник.

Кроп кліпнув, усе ще занурений у розмову з Максом:

— Хто зник?

Макс, завжди насторожений поромник, насторожився:

— Хто зник?

Марго навіть не моргнула:

— Та… моя сумочка. Та, з червоною білизною.

Кроп, намагаючись наздогнати думкою, нахилив голову:

— Ти, мабуть, залишила її в готелі, люба?

— Вона ще пів години тому була в машині, — просичала вона, смикаючи його за рукав. А потім, кинувши обережний погляд на Макса, гарячково прошепотіла:

— Труп зник. Джек. Його немає.

Кроп зблід із такою швидкістю, наче йому щойно призначили довічне присяжним. Лоб миттєво вкрився потом.

Макс, усе ще смалив люльку, прищурився:

— Щось важливе загубили? Може, повернемось?

— Ні! Ні-ні-ні! — вигукнули Кроп і Марго водночас — занадто голосно, занадто швидко.

Вони переглянулись з панічним виразом, що ясно кричав: «Ми явно у чомусь винні!»

Марго прокашлялась і витиснула надто широку усмішку:

— Мабуть, забула її в готелі! Нічого страшного! Зателефоную, коли приїдемо додому! Все гаразд!

Тим часом Кроп відтягнув дружину вбік і прошепотів:

— Що нам, чорт забирай, тепер робити?

Марґо провела рукою по волоссю, гарячково думаючи:

— Може, він впав у воду… Слухай, тільки не втягни Макса. Якщо ми повернемося і знайдемо тіло — він складе два плюс два: мертвий чоловік, пором, ми.

Вона суворо глянула на чоловіка:

— Якщо хтось щось питатиме — ми нічого не бачили, нічого не чули, нічого не знаємо.

Кроп захитав головою так енергійно, наче від цього залежало його життя:

— Так! Нічого! Я в житті не бачив трупів!

Все ще спершись на перила й спостерігаючи, як подружжя шепочеться з витонченістю пародійних шпигунів, Макс знову затягнувся люлькою.

Він не розумів, що тримало цих двох разом, але одне було очевидним: шоу керує Марґо, а Кроп виглядав як олень, засліплений її фарами. Дивна річ — та Макс майже заздрив судді. Старому поромнику не завадило б мати поряд таку рішучу й активну жінку, як Марґо, особливо на схилі літ.

Приблизно за пів години пором тихо стукнувся об причал. Кроп і Марґо майже кинули чималі гроші

Максові, пробурмотіли поспішне «до побачення» й чкурнули геть.

Макс провів їх поглядом, похитав головою:

— Дивна парочка… Але, як то кажуть, кохання є кохання.

Усередині пікапа Кроп стиснув кермо так, ніби воно ось-ось вислизне з рук:

— Як думаєш, тіло в озері? — запитав він, кидаючи тривожний погляд на Марґо.

— Можливо, — відповіла вона, не зводячи очей із дзеркала заднього виду, ніби очікувала, що труп Джека вирине й попросить підвезти. — Але якщо він вирине з моїми червоними трусами на голові — ми переїжджаємо в Мексику.

Кроп застогнав:

— Треба було одружуватись на дипломі з права…

Марґо поплескала його по коліну:

— Та ну, гарбузику. Якщо я змогла закинути мертвого мужика собі на плече, ти точно впораєшся з дрібною фальсифікацією.

Пікап з ревом понісся ґрунтовою дорогою, залишаючи позаду неочікуваний витвір кримінального абсурду. А що буде далі — залишалось тільки здогадуватись.

Одне було точно: це ще далеко не кінець.

Драма на пристані

Макс, задихаючись і кашляючи після чергового залпу люлькового диму, повів пором до берега, цілком задоволений різдвяною премією, яку щойно поклав у кишеню. Пляшка віскі з його старим другом Джоном Галушко тепер офіційно стала частиною вечірньої програми. Життя не могло бути кращим — хіба що хтось підкинув би свіжий скандал просто на його причал.

Після того як Макс пришвартував пором і перевірив замки (бо в цьому містечку не варто було довіряти ні підліткам, ні чайкам), його погляд зупинився на чомусь, що явно не належало до звичного пейзажу.

Там, обійнявши причальний стовпчик так, ніби це був його давній коханець, лежав чоловік у найсмішнішій позі, яку тільки можна уявити. Одна нога безпомічно звисала з дощок, одна рука була театрально витягнута, а на обличчі — як корона дурості — пишні червоні мереживні трусики, що виглядали, як нічна маска, обрана дуже дезорієнтованою драг-квін.

Макс примружився. Потім почав човгати в бік тіла, бурмочучи собі під ніс.

Нахилившись, він обережно вщипнув трусики двома пальцями — з точністю сапера, який знешкоджує особливо безглузду вибухівку.

— Джек! Що за чортів цирк?! — пробурчав Макс, оглядаючи нерухому фігуру. — Ти знову напився до нестями? Немає кращого заняття, ніж обніматися з пірсом?

Звісно, Джек нічого не відповів.

Макс зітхнув, так закочуючи очі, що ті ледь не викотилися на дерев'яні дошки.

— П'яний уранці, як завжди. Ну ти й кабан, Джеку. — Він штовхнув того в плече. — Давай, підводься! В мене справ по горло — й жодна з них не включає догляд за твоїм жалісним задом!

Жодної реакції. Ні стогону, ні бурчання, ні натяку на життя.

Макс насупився.

— Ага, значить, тепер у нас нова гра? «Зроби вигляд, що ти труп»?

Загарчавши, він схилився, схопив Джека за плечі й почав його трясти, мов офіціант старий флакон кетчупу — й усе так само безрезультатно.

Максове терпіння, ніколи не надто щедре, закінчилося.

— Уф, добре. — Зі стогоном він просунув руки під пахви Джека й спробував його підняти. Але не врахував хитрого положення ніг Джека, що звисали з пірсу — як гойдалка, поставлена під кутом долі.

І перш ніж Макс встиг зреагувати — шльоп!

Тіло Джека вислизнуло з рук і з розмаху гепнулось у крижану воду, зникнувши під поверхнею з ентузіазмом дуже неталановитого стрибуна у воду.

Макс метнувся вперед, замахав руками:

— Та біс тебе бери, Джеку! Вилазь звідти, поки не замерз! Або не втопився! Одне з двох!

Але Джек, як і слід було очікувати, не відповів. Натомість його тіло опустилося в темну воду, мов мішок мокрого цементу, зникаючи в глибинах у найсумнішій та найневдалішій спробі зіграти сцену з «Титаніка» в історії місцевого водного транспорту.

Макс знову зітхнув, опустившись навколішки на край пірсу, вдивляючись у чорну воду:

— Жалюгідний дурень, — пробурмотів він. — Знайшов же коли купатися…

Він ляснув по дошці з роздратуванням:

— Ну ж бо, виринай же! В мене весь день попереду, а не твоя ниркова вахта!

Хвилина тиші розтягнулася напружено й довго — лише плюскіт води та все більш барвисте бурчання Макса заповнювали простір.

І нарешті… спина Джека з'явилась на поверхні, повільно дрейфуючи, як роздута надувна камера.

Макс видав цілий каскад проклять, що змусив би червоніти навіть моряка, потім рвучко підвівся й побіг до свого човна. Порившись у ящику з інструментами, він ухопив найдовшу жердину з гаком на кінці — зазвичай її використовували, щоб притягати човни, але сьогодні ситуація вимагала творчого підходу.

Волочачи її за собою, Макс повернувся до пірсу, простягнув жердину й почав бурмотіти найсоковитіші образи, на які тільки був здатен старий буркотливий поромник.

— Ти краще дійсно будь мертвим цього разу, Джеку, — пробурмотів він, — бо якщо ні, клянусь останньою пляшкою віскі — вб'ю тебе сам.

Після кількох незграбних спроб (одна з яких ледь не перетворилася на продовження «Титаніка», де другим потопельником мав стати сам Макс), він нарешті зачепив мокрий светр Джека. З зусиллям витяг його назад на пірс — з тією ж грацією, з якою рибалка витягує особливо впертого тунця.

Макс стояв, упершись руками в боки, і люто дивився на безвольно розкидане, змокле тіло Джека — мов людина, глибоко ображена самим Всесвітом. Потроху в його свідомості почало визрівати усвідомлення.

— А чорт… — видихнув він. — Та він же не п'яний. Він… мертвий.

Макс прищурився, очікуючи, що труп ось-ось почне сперечатися.

Але — нічого.

Він затягнувся люлькою, пробурмотів:

— От і все. Треба ж було тобі ускладнити мені життя, га, дурню? — Він штовхнув тіло ногою. — Не міг лежати тихенько, як поважний труп, ні — треба було купатись у моїй гавані, ще й у мереживних трусах.

Він почав нервово ходити колами, затягуючись люлькою так часто, що та почала диміти, мов паровоз. Нікотин, несподівана відповідальність і обурення накривали мозок хвилями, як бетонні кеди — марафонця.

І тут, краєм ока, він побачив у далині ферму Джона Галушко.

Повільна, але хитра усмішка розтягнулась на його обвітреному обличчі.

— Джон щось та й придумає, — пробурмотів Макс. — Та в нас і не таке бувало.

Задоволено кивнувши, він витягнув з човна брезент, накрив ним тіло, ніби вкладав когось на ніч, і, бо чому б ні, легенько поплескав Джека по грудях.

— Лежи спокійно, друже. І ради всього святого — нікуди більше не йди.

Насвистуючи веселу мелодію, Макс повернувся й попрямував до ферми, вже уявляючи, яким смачним буде віскі. Бо якщо він щось і знав точно — то це те, що навіть утилізація несподіваного трупа стає кращою з пляшкою алкоголю і хорошим другом.

Ферма була недалеко — всього кілька хвилин ходьби ґрунтовою стежкою. Окрім кількох сердитих гусей, що гелготіли на подвір'ї, мов пернаті сигналізації, було тихо.

Макс і не думав стукати. Стукають тільки ті, хто не Макс. Він озирнувся, переконався, що жодні цікаві сусіди не підглядають, і зайшов у будинок, мов господар.

Як і очікувалось, дружини Джона вдома не було. Вона, швидше за все, розвозила свіжі яйця, молоко й овочі до місцевих кав'ярень та ресторанів, одночасно годуючи все місто й заганяючи свого значно старшого чоловіка на роботу з точністю сержанта-інструктора.

А Джон? Ну, Джон займався тим, у чому був найкращим, коли його дружина йшла з дому: абсолютно нічим.

Його улюблений ритуал полягав у тому, щоб тихенько спуститися до підвалу, відкрити свою приховану пляшку віскі й випити рівно стільки, щоб заснути в вітальні, як задоволене немовля після теплого молочка.

Макс самовдоволено всміхнувся, переступаючи через пару брудних чобіт біля дверей. Ага. Як я і думав.

Щойно він увійшов у дім, його вдарив гуркіт хропіння — як товарняк по обличчю. Стіни буквально здригалися від кожного ритмічного ревіння, а сила звуку могла позмагатися з ведмедем у сплячці або бензопилою, що втратила сенс існування.

Макс пішов на шум до вітальні — і, як і очікував, знайшов Джона розкиданим на продавленому, вицвілому сірому дивані біля вікна. Він був мертвий для світу — в усіх сенсах, окрім буквального. Напівпорожня склянка віскі хилилася на краю столика, а зім'ята ковдра ледве прикривала добрячий живіт.

— Джонні! Вставай! У нас справа! — вигукнув Макс і струснув фермера за плече.

У відповідь Джон тільки хропонув ще голосніше — так, що рамки з фотографіями на стінах аж затремтіли.

Макс примружився:

— Та хай тобі грець…

Він нахилився ближче й буквально загорлав йому у вухо:

— Джонні! Підйом, друже! У нас надзвичайна ситуація!

Джон щось пробурмотів настільки нецензурне, що навіть матрос би двічі подумав, перш ніж таке сказати, й перевернувся на бік. Його хропіння негайно відновилося — тепер із присвистом, мов чайник, який втомився жити.

Макс стояв, упершись руками в боки, з поглядом людини, яка мала справу з цим уже сотню разів.

— Ну звісно… Класика жанру.

Він ще раз штрикнув друга в руку. Нічого. Джон полетів у віскі-сон, напевно, десь там гнав уявну корову чи сварився з давно померлим дядьком про ціни на кукурудзу.

Макс важко зітхнув, розвернувся й пішов до сараю.

Раз Джон не допоможе — ну й чорт із ним. Знову все доведеться тягти на собі.

Усередині сараю він знайшов саме те, що йому було потрібно: стару, розхлябану та хитку тачку з трьома колесами, два з яких мали сумнівні плани на майбутнє. Макс ухопився за ручки й трохи струснув конструкцію. Вона заскрипіла, як зграя обурених гусей.

Макс зітхнув:

— Ну, красуне, ти не ідеальна… але згодишся.

Він підняв тачку й почав довгий, кривобокий шлях назад до причалу. Йдучи, тягнув із люльки, а дихання відбивалося білою парою в морозному повітрі.

План був простим: сховати мокре тіло Джека десь на полі, бажано подалі від людських очей. А вже коли Джон прийде до тями — десь до вечері, знаючи його — разом, під пару чарок, подумають, що з цим робити далі.

А поки що головне — прибрати, чорт забирай, труп із пірсу, поки якийсь цікавий перехожий не знайшов «подаруночок» і не почав ставити дуже незручні запитання.

Макс бурчав собі під ніс, поки тачка гойдалася по вибоїнах:

— Стільки мороки — і все через мертвого в червоних трусах. Веселого, курва, Різдва мені…

Тачка особливо голосно заскрипіла, і Макс кинув на неї спопеляючий погляд:

— Тримайся, стара. В нас робота.

І з тим він далі чимчикував, димлячи, мов паровоз, а хвиля за хвилею на нього накочувалася абсурдність усього, що відбувається.

Одне було зрозуміло напевно — це Різдво стане найдивнішим у його житті.

Родео в червоному мереживі

Пан Попкін розвалився з комфортом у маленькій кабінці свого човна — в одній руці келих коньяку, в іншій сигара розміром із дитячу руку, а на колінах — розгорнутий журнал Playboy. Він зробив глибокий ковток, видихнув хмару густого диму й задоволено усміхнувся. Оце і є життя. Жодних прикрас на ялинку, жодних колядників під вікном, ніякої передсвяткової біганини — тільки сигари, алкоголь і пікантні журнали. Суцільне, безтурботне блаженство. Різдво почекає.

Кар'єра Сержа Попкіна в мери була недавньою і, якщо чесно, цілком випадковою. Якби не закулісна кампанія його дружини, він би досі був гордим, але знудженим власником маленької крамнички меблів та антикваріату. Бізнес був непоганий: стабільні продажі, кілька відданих клієнтів… але далі зони комфорту справа не йшла. Попкін належав до тих людей, що працюють рівно настільки, наскільки потрібно.

Аж раптом — наче блискавка з ясного неба — дружина Попкіна успадкувала мільйони від дядечка, про якого ніхто й не думав, що той має навіть два п'ятаки. Старий жив, як чернець — якщо ченці носять протерті штани, їдять консервовану квасолю прямо з банки й пахнуть, як волога коробка з-під взуття. Ніхто в місті й гадки не мав, що цей неохайний дідусь таємно накопичив статки.

Звісно ж, місіс Попкін часу не гаяла. Вона вручила чоловікові ключі від магазину й відкрила арт-студію своєї мрії, залишивши його думати, що робити далі. У місті майже не було дітей, а молодь давно розбрелась по мегаполісах, тож студія швидко перетворилась на соціальний клуб для пенсіонерів. Кожне заняття супроводжувалось безкоштовною кавою, чаєм, тістечками — й обіцянкою чогось… гостренького.

Справжньою родзинкою студії стали курси фігурного малювання. Але не звичайного — ні. Місіс Попкін запрошувала моделей із місцевих мешканців. Жінки різного віку та комплекції позували оголеними, зовсім не соромлячись, перед армією пенсіонерів, які частіше пускали слину, ніж малювали.

І на цьому вона не зупинилась. Щоб дотриматися «гендерного балансу», до студії запросили братів Макароні — місцевих красунчиків з торсами, як у Мікеланджело, й посмішками, що плавили масло на відстані.
Коли хлопці приходили, фігурне малювання перетворювалося на справжні «жіночі вечори». Їхні імпровізовані стриптизи змушували бабусь червоніти, хихотіти — і навіть непритомніти від щастя.

Арт-студія місіс Попкін зовні нагадувала творчу майстерню, але іноді більше скидалася на химерний мікс нічного клубу й пансіонату для пенсіонерів у режимі "весняних канікул". Жінки малювали з таким же завзяттям, як обирають лотерейні числа — з надією, частковою залученістю й легкою хаотичністю.

А брати Макароні? Вони кайфували від кожної хвилини. Танцювати в одних боксерках під вигуки натхненної зали, повної сивочолих шанувальниць? А хто б відмовився?

Тим часом Серж Попкін — тепер уже випадковий мер — мав розум не втручатися в ці художні заходи. Імперія його дружини процвітала, і він добре знав, що краще не заважати. Щойно у студії починалась "жива" сесія — Серж тікав на свій човен з пляшкою коньяку, сигарою та стопкою Playboy.

Затягуючись сигарою й спостерігаючи, як дим ліниво підіймається до стелі каюти, Серж посміхнувся. Керувати містом? Легкотня. Утримати дружину щасливою? О, це вже виклик. Але з братами Макароні на підхваті й коньяком у руці — життя мера видавалося цілком прийнятним.

Місіс Попкін легко завоювала серця містян — своєю харизмою, активністю й щедрістю. Вона без особливих труднощів згуртувала достатню кількість голосів, щоб посадити чоловіка в мерське крісло. Міська рада була скромною двоповерховою будівлею в центрі міста, де працювала жменька службовців. Більшість із них цілими днями сиділа в тісних кабінетах, імітуючи кипучу діяльність: перегруповували скріпки, гортали інтернет під виглядом "досліджень" або малювали оленів на полях документів.

Сам же Серж не був створений для офісного життя. Якщо десь у місті намічався сніданок, обід чи святковий банкет — він був там першим у черзі. Чоловік ніколи не пропускав прийом їжі. Тож не дивно, що невдовзі він виростив чимале, округле пузо, яке плавно перетікало в груди, створюючи силует повітряної кулі на зубочистках.

Дім Попкіних був таким же гучним, як і насиченим. Разом із Сержом та його дружиною тривалий час в ньому мешкали п'ятеро доньок, стара й напівглуха теща та нянька — темношкіра економка, яка пропрацювала з ними майже все доросле життя й, правду кажучи, керувала домом значно ефективніше, ніж Серж міською радою.

Майже всі дочки, окрім наймолодшої, були вже заміжні, а деякі мали своїх дітей. Тож онуків постійно "сплавляли" до будинку Попкіних — аби мами мали змогу перевести дух. Результат? Дім, наповнений тупотом, криками, й нескінченним звуком того, як щось розбили, розлили або зламали.

Серж часто жартував, що справжнє самоврядування відбувається не в ратуші — а під його дахом. І, судячи з обсягів хаосу, був у чомусь правий.

З віком терпіння до дитячих витівок у нього тануло. Тепер кожен писк онука гнав його подалі — а точніше, до озера. Його вірний човен, який він з гордістю називав "міні-яхтою" (на радість усім, хто чув цю назву), став його головною точкою втечі. Там, посеред води, він міг годинами мріяти без перешкод — переважно з Х-рейтингом.

І хоча з віком інтерес до життя загалом у Сержа згас, до жінок — а точніше, до однієї конкретної жінки — він не зменшився ні на йоту. Її звали Марґо. Пишна, вогневоолоса дружина судді Кропа. Саме одна думка про неї викликала у Сержа щораз більш незручні реакції. Він заздрив Кропу до того рівня, що мимоволі його недолюблював, хоча майстерно маскував це доброзичливими посмішками й запрошеннями на вечерю. Бо гарні стосунки з Кропом — це прямий шлях до його дому. А там — Марґо.

Один лише вигляд цієї жінки міг запустити в уяві Сержа цілий феєрверк фантазій. Достатньо було заплющити очі — і Марґо вже плавно проходила крізь його думки, як спокуслива мрія, що не піддається контролю.

Тож Серж задовольнявся тим, що мав: сигарами, коньяком і самотою в тісній каюті човна. Плавати озером, потягувати дорогий бренді й мріяти про Марґо — ближче до раю він, мабуть, уже не добереться.

— Може, колись, — пробурмотів він, затягуючись сигарою й криво посміхаючись. — Колись…

А поки що він підтримував пристойний вигляд, напихав шлунок усім, що траплялось під руку, й регулярно заходив до судді Кропа на вечерю. Бо якщо Серж Попкін у чомусь і мав талант — так це в умінні грати у довгу гру.

Мер сидів собі зручно в шкіряному кріслі у своїй білій "міні-яхті" — тісній каюті, що радше скидалася на шафу з мотором. Ліниво перегортав сторінки з фотографіями пишних оголених моделей, то засинав, то знову прокидався із зітханням задоволення. Години самотнього блаженства текли, як спокійна вода під човном, аж поки шлунок не видав гучне, грізне бурчання. У поспіху втекти від родинного хаосу, Серж забув узяти свій пакунок із бутербродами.

— Ех, — простогнав він, розтягуючись і вилізаючи на палубу. Сіра крига озера виблискувала під блідим зимовим сонцем, змушуючи його мружитись. Сержа походжав туди-сюди, його живіт — попереду нього —

ведучи експедицію. Він вирішував, чи час повертатися додому на обід.

Голод переміг. Задоволено пирхнувши, він завів мотор і почав піднімати якір.

Та щойно збирався розвернути човна в бік міського пірсу, його погляд вихопив щось яскраво-червоне біля старої пристані. Автомобіль Сержа був припаркований зовсім з іншого боку озера, але ця пляма кольору миттєво прикувала всю його увагу.

Червоний колір завжди мав ефект на Попкіна — як прапор для бика. На тлі зимового пейзажу той колір палахкотів, мов заклик сирени.

Цікавість — і щось значно менш пристойне — спалахнули в ньому одночасно. Не вагаючись, він розвернув човен і попрямував до тієї плями на воді. Вийшов на палубу, щоб краще роздивитися.

І там, пливучи серед озера, мов подарунок від богів, дрейфували... величезні мереживні червоні труси.

Серж відчув, як серце його підскочило. Подих перехопило, пульс зашкалював. Уява одразу підкинула образ Марґо — дружини судді Кропа — саме в цих трусиках, як вона млосно позує в напівтемряві, втілення його еротичних марень.

Нервовий смішок зірвався з його вуст. Веселого Різдва, як кажуть.

Змішаний захват і божевілля штовхнули Попкіна до дії — він мусив дістати ті труси. Нахилився через борт, руку витягнув якнайдалі, намагаючись зловити ту спокусливу реліквію — свій маленький непристойний різдвяний сувенір.

Перша спроба була катастрофічною. Мереживо вислизнуло з-під пальців, пливло далі, як примарна обіцянка.

Роздратований, але сповнений рішучості, Серж нахилився ще сильніше, напружено пихкаючи.

Але він не врахував головного ворога — свій живіт. Той важкий округлий панцир, який, опинившись за бортом, уже не збирався повертатися назад. І в одну мить — шмяк!

Мер вирушив у політ через край човна, мов мішок із борошном, і з гуркотом упав у воду. Озеро розірвалося бризками, наче його запускали туди з катапульти.

Серж виринув, розмахуючи руками, плюхаючи у воду, як зламана вітряк. Хапав повітря, судомно вдихаючи, певен — от і кінець. Саме тут, у крижаному озері, переслідуючи труси.

Холод? Який холод? Увесь фокус — вижити.

Та потім… диво. Ноги торкнулися дна. Серж завмер посеред паніки, раптом усвідомлюючи, що глибина — всього лише по пояс.

Задихаючись, змоклий до нитки й геть принижений, він стояв, тремтячи й захлинаючись, схожий на викинутого на берег моржа, і дивувався, як усе могло так піти шкереберть.

— Ну що ж, — пробурмотів він, моргаючи, щоб стерти воду з очей, — це теж спосіб зіпсувати Різдво.

Червоні мереживні трусики дрейфували за кілька футів від нього, спокійно погойдуючись на воді, ніби насміхаючись. Він сердито глянув на них, важко дихаючи, й замислився, чи варто робити ще одну спробу.

Попкін ухопив білизну, що плавала поряд, і раптом усвідомив: він наскрізь мокрий. Крижана вода в'їлася в шкіру, і тепер він тремтів, як листок під час бурі.

Після кількох незграбних спроб, схожих на рухи старого тюленя, мер нарешті спромігся вибратися назад у човен і заповзти до кабіни. Здерши з себе мокрий одяг, він загорнувся в вовняну ковдру.

Вмостившись у кріслі, Попкін міркував про свої подальші дії. Як йому пробратися назад до стоянки, застрибнути в машину й проїхати через центр міста так, щоб ніхто не запідозрив, чому їхній поважний мер виглядає, наче потопельник? Можливо, найкраще буде дочекатися ночі.

Але була одна проблема: він замерзав, а його запасна фляжка коньяку, на превеликий жаль, спорожніла. Одяг до вечора не висохне, а сидіти цілий день на озері холодним і голодним звучало приблизно так само привабливо, як податкова перевірка.

Його погляд упав на ферму вдалині. Ах, Джон-фермер. Надійна людина. Безперечно, той не відмовить напівголому мерові в теплому обіді та сушарці для одягу. До того ж пляшка доброго віскі допоможе уникнути незручних питань, чому Попкін плавав у озері з жіночою білизною.

Проблема вирішена.

Сповнений нової рішучості, мер підвів човен до старого причалу й прив'язав його до стовпа, що виглядав так, ніби ще один сильний порив вітру відправить його на пенсію. Щойно він ступив на хиткий дерев'яний настил, дивний хрипко-шиплячий звук змусив його кров застигнути в жилах.

Усього за кілька футів стояв величезний чорний бик, випускаючи з ніздрів клуби пари, наче перевантажений локомотив. Проте він дивився не на Попкіна, а люто витріщався на червону білизну, що майоріла на перилах човна. Його очі налилися кров'ю й вирячилися так, що здавалося, от-от вилетять із орбіт, а з пащі капала густа слина.

Попкін вагався лише мить, перш ніж звір ступив уперед.

І цього було достатньо.

Зі спритністю людини, чиїй гідності загрожує небезпека, мер з розгону кинувся назад у човен, захлопнувши двері кабіни саме в ту мить, коли бик випустив із грудей оглушливе ревіння.

На жаль, бик не мав ані найменшої поваги до приватної власності. Із шаленою швидкістю, немов розлючена ракета, він кинувся на палубу... і одразу застряг.

Човен просто не був розрахований на лютого велетенського сухопутного ссавця, і тепер бик, скажено хриплячи та смикаючись, застряг, нездатний ні розвернутися, ні вибратися з човна.

Усередині кабіни Попкін сидів, завмерши від жаху. Його човен захопив бик. Розлючений, величезний бик. Пояснити це на наступному засіданні міської ради буде непросто.

З усієї сили бик ударив головою в перила. Червона мереживна білизна на мить злетіла в повітря, зачепилася за один із його рогів і звісилася прямо перед очима.

Вже на межі самоконтролю, звір остаточно зірвався. Смикаючись від люті, він почав нестримний шал: скакав, бив копитами, махав рогами, і перед очима розгорталося справжнє руйнування в реальному часі.

Мер ледве встиг вискочити з кабіни, а тоді й із човна, перш ніж рвонув до ферми зі швидкістю, якої не розвивав ще зі шкільних часів. Його вовняна ковдра залишилася позаду, забута в хаосі.

Однак Попкін був занадто зайнятий боротьбою за виживання, щоб перейматися браком одягу. Його єдиною думкою було випередити розлюченого бика й якнайшвидше дістатися до будинку Джона.

Розмахуючи руками, метляючи ногами, а животом трясучи, наче мішком із желе, він мчав через поле у тому, що з великою поблажливістю можна було б назвати спринтерською формою — хоча й із чималими коливаннями.

Тим часом, розтрощивши все на своєму шляху, бик нарешті зумів зіскочити з човна. Червона тканина, що майоріла на його розі, нагадувала бойовий прапор, тільки ще більше розпалюючи його лють і збентеження. Він скажено трусив головою, крутився на місці й метався, не розуміючи, чому ця клята ганчірка ніяк не зникає з його поля зору.

А тоді, наче за божественним провидінням, бик спрямував погляд на нову ціль — дві бліді підстрибуючі сідниці, що стрімко віддалялися. Він голосно фиркнув, набрав повітря в груди й без вагань кинувся навздогін за мером.

Попкін, постійно озираючись через плече, біг щодуху, зосереджений лише на тому, щоб дістатися до безпеки фермерського будинку. У розпачі він не помітив постать попереду — поромника Макса, який важко штовхав тачку з тілом покійного Джека.

Старий і кволий, Макс важко дихав від напруги, повільно наближаючись до ферми, де планував приховати тіло й обговорити подальші дії з Джоном. Він був зосереджений на своєму завданні й не помітив наближення катастрофи, що мчала на нього на повній швидкості.

І тут — удар!

Мер на повному ходу налетів на нічого не підозрюючого поромника, наче живий таран. Від сили удару Попкін розтягнувся на ґрунтовій дорозі, а Макс, збитий з ніг, перелетів через тачку у видовищному сальто й гепнувся обличчям у землю.

Перевантажений візок, що й без того стогнав під вагою, остаточно не витримав: переднє колесо хруснуло й склалося під натиском.

Із глухим ударом бездиханне тіло Джека вислизнуло на дорогу, перекотившись, наче мішок із картоплею.

На мить запала тиша. А тоді — здалеку долинуло грізне, грізне фиркання бика, який усе ще не збирався відступати.

Мер прийшов до тями, лежачи на ґрунтовій дорозі. Його розум марно намагався скласти докупи, що ж тільки-но сталося. Підвівшись на лікті, він зустрівся поглядом із Максом, який сидів поруч, тримаючись за голову. Їхні очі перехрестилися — обидва погляди були сповнені однаковою мірою розгубленості й невіри.

Поромник ще ніколи не бачив мера у такому стані, а мер не звик бути абсолютно голим на людях. Довгий, незграбний момент вони просто стояли мовчки, витріщаючись один на одного в повному заціпенінні.

Їхнє мовчазне здивування раптово перервалося ревінням і утрудненим диханням бика. Вони одночасно повернули голови.

Величезна тварина стояла за кілька кроків, агресивно гребла копитом землю й втупила в них свої налиті кров'ю очі — наче кошмар кожного тореадора. Вона була готова до бою.

Меру й поромнику не потрібно було обмінюватися словами. Вони миттєво зірвалися з місця, ноги запрацювали на повну — як у мультиплікаційній погоні.

Тим часом бик спокійно підійшов до поламаної тачки, кілька разів вдарив її рогами, а потім звернув увагу на бездиханне тіло Джека, що лежало в багнюці. Добре його обнюхавши, бик, без жодних церемоній, задовольнив природну потребу прямо на труп — і лише тоді впевнено почвалав у бік ферми.

У цей момент Джон вийшов на ґанок, потягуючись після глибокого, задоволеного сну, щоб окинути поглядом своє господарство. Його розслаблений вираз миттєво застиг на обличчі — з розпростертими руками та роззявленим ротом. Те, що він побачив, не піддавалось осмисленню.

Прямо на нього з шаленою швидкістю бігли два чоловіки — один повністю голий, другий — худорлявий старий поромник. А за ними, мов фінальний акорд якогось божевільного параду, летів його масивний чорний бик Наполеон, ревучи і б'ючи копитами. З одного з рогів гордо майоріли червоні мереживні труси — як бойовий стяг.

У мозку Джона щось клацнуло. Він застиг, неспроможний осягнути абсурдність побаченого. Та щойно до нього дійшло, наскільки розлючений був Наполеон, інстинкт самозбереження переміг усе інше.

Незважаючи на габарити, Джон із вражаючою спритністю стрибнув у двері в останню мить — якраз у ту секунду, коли Попкін і Макс зачинили за ним двері з гуркотом й заблокували засув.

Ззовні розлючено ревів Наполеон.

Вечірні балачки з небіжчиком

Мер і поромник стояли в коридорі кілька хвилин, притулившись до стіни й важко дихаючи після божевільної втечі. Їхні серця гупали в грудях, поки вони намагалися прийти до тями. Тим часом Джон витріщався на двох чоловіків, намагаючись зрозуміти, як і чому вони опинилися в його домі в такому вигляді.

— Який ідіот причепив ту червону ганчірку на Наполеона?! — нарешті загримів він, голосом, повним звинувачення.

— Звідки мені, до біса, знати?! — прохрипів Макс, досі намагаючись зловити подих.

— Твій скажений бик мало мене не вбив! — заволав мер. — Цю тварюку треба пристрелити!

Джон був не в захваті від цієї ідеї. Скільки б проблем не створював йому старий бик, він не був готовий відправити Наполеона на м'ясо. У тварини був поганий характер, але вона все ж залишалась частиною господарства. Єдина людина, яку Наполеон слухався беззаперечно — це була дружина Джона. Але її не було вдома.

Отже, залишався єдиний варіант: чекати, поки звір сам виснажиться.

Зовні масивна чорна постать Наполеона сновигала повз вікна, досі шалено намагаючись позбутися червоного шмаття, що причепилося до його рогу. Він бив колами по подвір'ю, здіймаючи хмари пилу й залишаючи після себе хаос. Усередині троє чоловіків бігали від одного вікна до іншого, нервово визираючи на вулицю.

Нарешті, після вічності, бик сповільнився — його енергія вичерпалась. Зробивши останній роздратований хрип, він звалився на землю, важко дихаючи і з піною з рота.

— О ні, — пробурмотів Джон, раптом занепокоєний. — А якщо він здохне?

— Його треба було на стейк пустити ще десять років тому! — рикнув мер. — Він не тільки розніс мій новенький човен, а ще й мало мене не вбив!

У цей момент Джон і Макс нарешті звернули увагу на ще одну важливу деталь — Попкін досі був абсолютно голий.

— Ем... пане мер, — прокашлявся Джон, намагаючись не розреготатися, — скажіть, будь ласка, чому ви... в такому... нетиповому вигляді?

— О, Господи! — заверещав мер, зірвавши з гачка біля плити старенький кухонний рушник і стрімко прикривши ним найцінніше. — Я впав у воду... випадково! Потім повісив одяг сушитися, а той скажений бик мало мене не прибив!

Джон хмикнув:

— Сподіваюся, ви не були в червоній білизні.

Мер метнув у нього погляд, здатний убити словом, і ще дужче притиснув до себе крихітний рушничок. Останнє, чого йому зараз хотілося — щоб у цю мить повернулась дружина Джона і побачила всю цю циркову виставу.

Поромник тим часом лежав у великому м'якому кріслі, дивлячись у порожнечу, немов його свідомість тимчасово покинула тіло. А мер блукав кімнатами туди-сюди, намагаючись заспокоїтись після всього пережитого.

Джон зник на кілька хвилин і повернувся з великою пляшкою сливовиці та склянкою. Без жодного слова налив собі щедру порцію й осушив залпом. Потім налив ще одну — і простягнув меру. Попкін узяв склянку тремтячими руками, його зуби дзенькнули об край, коли він поспіхом ковтнув пекучий напій. Без жодних слів, Макс прийняв свою порцію й також осушив її — так, ніби це був єдино логічний вихід із ситуації.

Після їхньої імпровізованої випивки Джон приніс меру одяг — сорочку й штани, але вони виявились замалими. Без жодних коментарів він знову зник нагору й за кілька хвилин повернувся з альтернативним варіантом: сірими жіночими спортивними штанами та небесно-блакитним светром, розшитим яскравими трояндами — перше, що трапилося під руку в гардеробі його дружини.

Попкін завмер, споглядаючи це вбрання з безмовним жахом, але швидко змирився. На цьому етапі про гідність годі було й мріяти — залишатися голяка в чужому домі було не варіантом. Не проронивши ні слова, він натягнув штани та светр, закотивши рукави й штанини, щоб пристосувати до свого зросту.

Щойно абсурдність ситуації почала потроху вкладатися в голові, Макс раптом сіпнувся і сів, очі його округлилися від усвідомлення.

— Джек! А як же Джек?!

— Який Джек? — одночасно спитали Джон і Попкін, виглядаючи однаково спантеличено.

Обличчя Макса сіпнулося. Він ледь не випалив правду про утопленого Джека, але вже було пізно відмотати назад.

— Ем… Джек-буркун. Ну той Джек — якого всі ненавидять.

— І що з ним? — спитав Попкін, примружуючись.

— Я… я не знаю. Я… я його бачив… біля берега, — забелькотів Макс, заплутуючись у словах.

— І що він там робив? — наполягав Джон.

— Він… гуляв.

— О, Господи, — пискляво пробелькотів мер голосом, зовсім не властивим його статурі. — Тепер він, мабуть, розповість усій окрузі, що бачив мене… ось так…

— А де він зараз? — не відставав Джон.

Макс знизав плечима з драматичністю театрального актора:

— Звідки мені знати? Не пам'ятаю. Я його залишив на дорозі, коли мер врізався в мене й збив із ніг.

Попкін підкинув руки:

— Я нічого не пам'ятаю! І ніякого Джека не бачив!

— Та він був… десь там, — наполягав Макс. І тут у нього майнула лиха думка. — Слухайте… а може, той диявол Наполеон його затоптав?

Джон обурено пирхнув:

— Що за маячня?! Наполеон на таке ніколи б не пішов!

Мер кліпнув очима, не встигаючи за розвитком подій:

— Зачекайте… Наполеон? Той, що двісті років тому? А він тут до чого?

На мить він серйозно задумався: а може, французьке вторгнення якось пояснює весь цей божевільний день? Якщо так, він готовий був прийняти цю версію без вагань.

— Ну що ж, — урочисто виголосив він, розмахнувшись рукою, — хай живе Наполеон! Це буде наша офіційна версія.

— Ти вже п'яний, — пробурмотів Макс з осудом.

Та насправді його думки вже були в іншому місці — на цілком справжньому й зовсім не похованому тілі Джека, яке досі валялося десь просто неба. А дружина Джона мала повернутися з хвилини на хвилину. І якщо вона його знайде — пояснити це буде вкрай складно.

— Я піду перевірю, чи Джек зміг сховатися від твого бика, — сказав Макс, уже прямуючи до дверей.

— Я з тобою, — погодився Джон.

— Та ні за що я тут сам не залишуся! — вигукнув мер і швидко побіг слідом.

Незабаром усі троє стояли на ґанку. Джон вдивився в двір і побачив Наполеона, що спав, звалившись набік, голосно хропів і злегка сіпав ногою уві сні. Він обережно підкрався до звіра й акуратно зняв червону мереживну білизну з його рога. Тканина була порвана в кількох місцях, але, на диво, досі зберігала свою… «харизму». Джон заштовхав її до кишені й поспішив назад, де інші ховалися за низьким парканом.

— Не хвилюйтеся, — прошепотів він. — Цей монстр проспить щонайменше години три.

З цим заспокоєнням фермер, поромник і мер вирушили до озера. Пройшовши лише кілька хвилин, вони натрапили на похмуре видовище — перекинута тачка, на землі - брезентова тканина, а поруч — брудна, непримітна купа чогось дуже неприємного на вигляд.

Це був Джек. І він був цілком мертвий.

Джон підійшов до бездиханного тіла, штовхнув його носком чобота, потім нахилився й перекотив на спину. Сумнівів не було — це був Джек. Просто… зараз він уже не був налаштований на розмови. Фермер почухав потилицю, важко зітхнув і пробурмотів:

— Ну от… ще тільки мертвого тіла нам і бракувало. Серцевий напад, може?

— Та в кого не буде серцевого нападу, коли побачить того скаженого бика! — відказав Макс, у якого в голові вже визрівав план, як безболісно зняти із себе відповідальність і вийти сухим із води.

— І що тепер? — запитав Джон, переводячи погляд з тіла на своїх не надто охочих товаришів.

— Без поняття, — знизав плечима Макс. — Бика судити не будуть, але стейком він може стати. А от тебе затягають по судах, поки не доведеш, що тут ні до чого.

— Та я взагалі ні при чому! — обурився Джон. — Я не знаю, що Джек робив на моїй землі! Може, щось крав? І як він, до біса, забрав мій візок із сараю без дозволу? Ви ж обидва були зі мною, коли все це сталося — ви мої свідки!

— Свідки?! — заверещав мер. — Та ви що?! Я не можу бути свідком! Я не маю до цього ніякого стосунку! Ви знаєте, що такий скандал зробить із моєю репутацією?! Я відмовляюся бути пов'язаний із цим безладом!

Макс підняв брову.

— Ага, тепер тобі важлива репутація? А кілька хвилин тому ти носився голяком полем перед половиною міста — то, значить, «приватна справа»?

Мер метнув на нього погляд, яким можна було вбити кабана.

— То було особисте.

Макс і сам не горів бажанням ставати фігурантом розслідування щодо загадкової смерті Джека. А що як Джек потонув, а не від страху помер? Підуть допити, підозри… Ні. Це треба було прикрити. Швидко.

— Джоне, мер має рацію, — похитав головою Макс. — Нам не потрібен скандал. А знаєш, що буде далі? Якась організація захисту тварин звинуватить тебе в жорстокому поводженні з биком. Скажуть, що Наполеона тримаєш у неволі, що він у тебе психічно пригнічений, і не дай Боже — активісти приїдуть на ферму, прикують себе до твоїх парканів у знак протесту! І ще що? Почнуть говорити, що ти натренував бика вбивати людей. І ось ти вже не фермер, а глава таємного підпільного угруповання, що натравлює худобу на людство!

Обличчя Джона зблідло.

— Тільки не це, — прошепотів він.

Мер енергійно закивав.

— Саме так! Це останнє, чого нам зараз бракує.

Довгий момент усі троє мовчки стояли, втупившись у бездиханне тіло Джека. Кожен думав про одне й те саме — це треба вирішити. І негайно.

Джон терпіти не міг непроханих гостей на своїй фермі. І думка про те, скільки людей можуть втягнутися в розслідування цієї огидної історії з Джеком, викликала в нього нудоту. А ще гірше — він уже уявляв обличчя своєї дружини, розлючене до нестями, коли вона про все дізнається.

— Так, ти маєш рацію. Ми не можемо дати цьому розголосу, — визнав Джон. — Але що ж нам робити з тілом?

— А що? — знизав плечима Макс. — Викинемо його в твою яму з гімном. Ніхто й не помітить зникнення Джека. А якщо хтось спитає — пустимо чутку, що він поїхав до сестри в Австралію на кілька місяців. До літа від нього й сліду не лишиться.

Мер кивнув схвально.

— Оце вже звучить як план.

— У мою яму?! — скривився Джон. — Та ні, ні, ні. Мені ще бракувало трупів на фермі! Моя жінка буде першою, хто його знайде — і що я їй скажу? Як це пояснити?!

— Гаразд, — сказав мер, швидко прикидаючи варіанти. — Тоді закопаємо його в полі. Просто зараз.

— Не годиться, — відмахнувся Джон. — Навесні поле орють. А тоді його тіло, або хоча б кістки, вилізуть на поверхню — і буде ще більша проблема. Ні, навіть не думайте.

Троє чоловіків знову замовкли, втупившись у брудне, неживе тіло.

Джон глибоко зітхнув.

— Чорт забирай… Не міг же він просто померти вдома, у своєму ліжку? Ні, йому треба було здохнути саме тут, на моїй фермі!

Коли пролунали слова «вдома» і «в ліжку», Макс раптом широко відкрив очі. Обличчя його просвітліло, як у людини, що раптом знайшла вихід з лабіринту.

— Вдома. Ліжко, — повторив він повільно, смакуючи ці слова. А тоді, зловісно вишкірившись, вигукнув: — Ідеально! Саме так і зробимо! Віднесемо його додому й покладемо в ліжко — ніби помер уві сні!

— Блискуча ідея! — заверещав мер. — Але… ти впевнений, що нас ніхто не побачить?

— Абсолютно, — запевнив Макс. — Вже сутеніє. Поки дістанемось до міста — буде зовсім темно.

— Вирішено! — вигукнули всі троє в унісон. — Рушаємо!

— Але звідки ми візьмемо ключі від дому? — спитав пан Попкін, насупившись.

— Як це звідки? — пирхнув Джон. — Під килимком чи квітковим горщиком. Там усі нормальні люди їх і тримають.

— А я свої завжди ношу в кишені, — гордо заявив мер, випинаючи груди.

— Прекрасно, — буркнув Макс. — Тоді перевіримо його кишені.

Коротка пауза.

— І хто це буде робити? — спитав Попкін, втупившись у Макса.

Макс звів брови.

— А чого це ти на мене дивишся?

— Я взагалі-то мер! Я не обшукую трупи!

— А я не могильник! — огризнувся Макс.

Джон, єдиний, у кого був реальний досвід роботи руками — хоча це й не входило в його звичний фермерський список обов'язків — тяжко зітхнув. Сплюнув убік, примружився й засунув руку до кишені штанів Джека, як чоловік, що прийняв свою долю.

Кілька напружених секунд минуло в повній тиші. А потім вираз обличчя Джона змінився. Він витяг зв'язку ключів і продемонстрував її перед обличчями своїх двох супутників.

— Вітаю, — сухо мовив він. — Саме там, де нормальні люди їх і тримають.

Невдовзі невеликий пікап загуркотів дорогою до міста — у кабіні тісно притулилися троє схвильованих чоловіків, а в кузові, загорнутий у ковдру, лежав один дуже мертвий пасажир.

Дотримуючись усіх запобіжних заходів, фермер, поромник і мер обережно занесли бездиханне тіло Джека до його спальні, яка, на щастя, розташовувалась на першому поверсі.

Останніми роками Джек обмежувався лише кількома кімнатами — великою вітальнею, кухнею та маленькою спальнею біля входу. Без хатньої робітниці, яка б тримала дім у порядку, ці житлові приміщення перетворились на свинарник. Однак решта будинку залишалась на диво охайною, якщо не зважати на товстий шар пилу, що накопичувався роками.

Всередині чоловіки роздягли Джека і поклали в ліжко, намагаючись надати вигляд мирного, природного сну. Брудний одяг поспіхом запхали до шафи поруч зі старенькою пральною машиною. Зробивши фінальну перевірку, аби не залишити жодних слідів, усі троє хутко покинули будинок — кожен мріяв опинитися якомога далі від сцени злочину, яку вони самі ж і інсценували.

Коли мер нарешті повернувся додому, він витратив цілу вічність, намагаючись пояснити дружині, чому повертається пізно вночі в жіночих спортивних штанах і блакитному светрі, розшитому кольоровими трояндами. Вранці він буцімто поїхав у ділову поїздку до великого міста, а ввечері виглядав так, ніби втік із дуже дивного жіночого йога-відпочинку.

Джон, своєю чергою, зіткнувся з іншим видом катастрофи. Побачивши з кишені клаптик червоного мережива, його дружина миттєво вихопила трофей. Спершу вона просто витріщилася. Потім до неї дійшло — це було не просто шмаття. Це була жіноча білизна. Її реакція не надто відрізнялася від реакції Наполеона.

З ревом, гідним стародавньої валькірії, вона накинулась на чоловіка з кулаками, влаштувавши бурхливу сцену гніву. Вона била його з такою пристрастю, що десь посередині почала побоюватись, що могла його вбити. Перелякана, вона провела решту ночі, доглядаючи Джона, мов хворе немовля: прикладала холодні компреси до синців, шепотіла крізь сльози вибачення і засипала його поцілунками з голови до п'ят.

Макс, тим часом, поставився до подій вечора більш прагматично. Він попрямував прямісінько до місцевого бару, закинув кілька чарок віскі поспіль, а потім дотеліпався додому, впав на канапу в передпокої і заснув, хропучи, як ситий ведмідь.

А Джек… Джек залишився там, де його і поклали — затишно вмостившись у власному ліжку, чекаючи на неминуче виявлення, яке, без сумніву, переверне усе містечко догори дригом.

Причина смерті: несплата рахунків

Доктор Шварц ледве переставляв ноги, прямуючи додому. Ніхто в містечку достеменно не знав його віку, але більшість старожилів пам'ятали його ще з молодих літ. Він був огрядним старим чоловіком, якого мучили ті самі болячки, що й його багаторічних пацієнтів. Більше часу він скаржився на високий тиск, згаслу потенцію, забудькуватість, ниючі суглоби й інші «радощі» старості, ніж вислуховував скарги своїх хворих.

Його кабінет містився на першому поверсі скромного двоповерхового будинку, який водночас був і його оселею. Шістдесятирічна вдова вже Еліс понад тридцять років віддано допомагала йому. Вона була і секретаркою, і медсестрою, і адміністраторкою, і бухгалтеркою, і кур'єркою в одній особі. Протягом усіх цих років вона дбала про нього, як про чоловіка, хоча ніколи не наважилася зізнатися у своїй потаємній, палаючій любові до лікаря.

Доктор Шварц мав талант зачаровувати пацієнтів. Він розсипав щедрі компліменти жінкам у віці, завдяки чому ті насолоджувалися його товариством не менше, ніж медичними порадами. Багато хто запрошував його не стільки поговорити про здоров'я, скільки нагодувати — сніданком, обідом, вечерею. І, звісно, жодна не забувала оплатити його візит — чеком або готівкою.

Чоловіки також тягнулися до нього, особливо коли йшлося про делікатні теми. У місті його вважали майже експертом із чоловічого здоров'я, хоча його поради, чесно кажучи, нікому не допомагали. Але вигляд створювався переконливий. Доктор Шварц ніколи не чекав, поки пацієнти самі йому зателефонують. Він діяв першим:

— Час перевірити пульс і тиск! Давно вас не бачив. Завтра о такій-то годині буду. Ой, хтось дзвонить, мушу бігти!

І з цими словами кидав слухавку, не давши людині ані заперечити, ані перенести зустріч.

У той пізній зимовий вечір, проходячи повз дім Джека, доктор помітив у вікні слабке світло. І тоді його осінило — Джек так і не заплатив за останній візит. Зайти й нагадати? Чому б і ні?

Після доброго обіду й кількох келихів вина в ньому прокинулася рішучість і впевненість. Не вагаючись, він відчинив хвіртку і рушив до дверей старого будинку Джека. У темряві він намацав дзвінок — хоча навіть не був певен, що він узагалі існує. Знизавши плечима, стиснув кулак і кілька разів грюкнув.

На подив, двері самі прочинилися з тихим скрипом.

— Джек! — гукнув доктор у темряву. — Я знаю, ти вдома! Це я, доктор Шварц!

Мовчання.

Доктор постояв ще мить, прислухаючись. Жодної відповіді.

Не надто переймаючись, він ступив усередину. Його погляд одразу впав на слабке світло, що пробивалося крізь напівпрочинені двері спальні й відкидало вузьку смугу сяйва на темний коридор.

— Джек! Я знаю, ти ще не спиш! — знову гукнув він, прямуючи до кімнати.

Він штовхнув двері. Джек лежав у ліжку, загорнутий у товсту ковдру, із заплющеними очима, ніби занурений у глибокий сон.

— Не треба зі мною в ігри гратися! Я знаю, що ти не спиш. Інакше вже давно хропів би так, що стіни тряслися б! — пробурчав лікар. — Мене, дипломованого лікаря, не обдуриш. Ти досі не заплатив за мій останній візит, і якщо будеш тягнути далі, я ще й за цей виставлю рахунок!

Підійшовши ближче, доктор Шварц нахилився над Джеком. Щось тут було... не так. Він відгорнув край ковдри, шукаючи руку пацієнта, щоб перевірити пульс.

— Фе! — скривився він. — Коли ти востаннє мився?

Доктор схопив Джека за руку — і тут же відсмикнув її. Рука була крижано холодною. Кам'яною.

Шварц нахмурився. Спочатку він навіть не усвідомив, що це означає. Зітхнувши, витягнув зі своєї шкіряної медичної сумки стетоскоп і приклав його до грудей чоловіка.

Після тривалої паузи він пробурмотів собі під ніс:

— От чорт... Таки втік від боргів.

Нічого.

Зморщившись, доктор пересунув стетоскоп і послухав ще раз.

Тиша.

Він випрямився, нарешті усвідомлюючи правду.

Джек був мертвий.

— Ох, свята Маріє... — закотив очі лікар. — Мало того, що помер, так ще й гроші не віддав! Що ти думаєш, я тут благодійний фонд? Навіть не спромігся здохнути так, щоб я нічого не втратив!

Бурмочучи прокльони, він почовгав у вітальню, знайшов телефон і набрав номер шерифа.

— Доброго вечора, шерифе, — уривисто проказав він. — Це доктор Шварц. Ви не повірите — Джек, ця мерзота, так мені й не заплатив за мої візити!

На іншому кінці дроту шериф Морріс зморщив чоло. Він користувався послугами доктора Шварца вже багато десятиліть і чудово знав його звичку вимагати гроші в найнезручніші моменти. Але в цьому дзвінку було щось... незвичне.

Чому ви мені телефонуєте через це? — пробурчав шериф.

Доктор Шварц хмикнув нетерпляче:

— Бо цей негідник помер, ось чому! І тепер я ніколи не отримаю свої гроші!

Настала довга пауза.

При згадці імені Джека у шерифа Морріса по спині побігли мурашки. За життя той тільки й умів, що створювати проблеми, й ось тепер, схоже, не давав спокою навіть після смерті.

Шериф тяжко зітхнув, потираючи скроні. Він уже відчував погані передчуття. І, швидше за все, не дарма.

— Докторе Шварц, я розумію, що це важливе питання, але, може, обговоримо його завтра? — запропонував шериф Морріс, уже шкодуючи, що взагалі взяв слухавку.

— Що тут обговорювати?! — роздратовано гаркнув лікар. — Цей мерзотник не тільки не заплатив мені, а ще й здох, напевно від серцевого нападу!

— Помер? — голос шерифа підскочив від здивування. — Коли? Як? Я ж бачив його сьогодні вранці — був цілком живий і здоровий!

— Може, й був живий вранці, — нетерпляче відрубав доктор Шварц, — але я зараз у нього вдома, і виглядає він явно не живим. Коли саме віддав кінці — не знаю, я не судмедексперт, я лікар! Хочете — робіть розтин. А моя професійна думка: серцевий напад. У його віці очікувати чогось іншого — чисте божевілля.

Його міркування звучали логічно. Шерифові не було особливих підстав підозрювати щось недобре. Джек завжди був місцевим розбишакою. Нещодавно він навіть влаштував той дурний трюк: прикинувся мертвим у коридорі, аби налякати бідолашних сусідок. Може, в глибині душі він відчував, що його час наближається, і хотів пожартувати востаннє. Але доля зіграла з ним злий жарт.

— То що, шерифе, приїдете чи як? — нетерпляче нагадав доктор Шварц. — Бо я не збираюся сидіти тут до ранку. Напишу свідоцтво про смерть, залишу його в коридорі на столі, а далі — це вже ваша проблема.

Шериф Морріс тяжко зітхнув. Останнє, чого йому хотілося цього вечора, — це їхати до Джека і займатися транспортуванням тіла до моргу. Ні, цю справу можна було комусь передати.

— Я надішлю сержанта Макароні, — вирішив він. — А ви, докторе, йдіть собі додому. І... веселого Різдва.

Після короткого дзвінка, під час якого шериф переклав обов'язки на сержанта Макароні, він знову підняв слухавку й набрав номер пастора Бена.

— Алло, Бене! Це шериф Морріс.

На тому кінці дроту пастор Бен ледь не захлинувся слиною. Ноги в нього підкосилися, а серце загупало в грудях, мов скажене.

— Я... я слухаю! — залопотів він.

— Тобі незручно? Молився, чи що? — поцікавився шериф.

— Та ні! Тобто так! Тобто слухаю, слухаю!

— Ну от, маю для тебе новини, — урочисто оголосив Морріс.

— Новини? — пастор відчув, як долоні в нього вкрилися потом. — Які новини? Погані?

— Не зовсім, — відказав шериф. — Тільки не панікуй.

Звісно ж, ці слова лише посилили паніку.

— Джек-грубіян помер. Лікар Шварц його знайшов.

— О Пресвята Діво Маріє! — простогнав пастор Бен. — Що ж тепер робити?!

— Що робити? — хмикнув шериф. — Закопати його. Саме тому я тобі й телефоную — попередити. І краще зробити це якомога швидше. Бо ще цей диявол воскресне і знову почне наводити страх на людей.

Слова шерифа трохи заспокоїли пастора Бена, але тривога все ще не полишала його.

Тремтячим голосом він запитав:

— А яка офіційна причина смерті? Ви збираєтеся розслідувати?

— Лікар Шварц каже, що, найімовірніше, серцевий напад, — відповів шериф. — Джек був його пацієнтом багато років. Невдячним, до речі. Навіть за останні візити не заплатив. А розслідувати що? Хто при здоровому глузді став би обтяжувати свою душу гріхом убивства такого неприємного суб'єкта?

Пастор Бен перехрестився і видихнув з полегшенням:

— Слава Господу! Завтра зранку займуся похоронною церемонією. Проведемо його в останню путь гідно і з честю, хоча він того й не заслужив.

Прах до праху, келих до келиха

Через два дні…

Похорон Джека відбувся тільки після того, як надійшла телеграма від його сестри. Вона повідомила, що не зможе приїхати, і дозволила містечку провести поховання. Також вона надала згоду на продаж будинку Джека та всього його майна через місцевого ріелтора.

На подив усіх, на кладовище прийшло майже все містечко, ніби прощалися з найулюбленішою і найвпливовішою людиною краю. Насправді ж кожен прийшов із однією метою — переконатися, що Джека дійсно поховають у землі.

Ніхто не ставив зайвих запитань. Ніхто не обговорював дивні обставини його смерті. Усі стояли в урочистій тиші, спостерігаючи, як дерев'яну труну опускали у глибоку яму й засипали важкою землею.

Коли остання лопата ґрунту лягла на могилу, пролунав колективне зітхання. Дехто перехрестився, інші схвально кивнули, заспокоєні тим, що Джек нарешті пішов назавжди.

І з цим усі разом розвернулися. Вони рушили до міського бару-ресторану — не для того, щоб ушанувати пам'ять Джека, а щоб випити, попліткувати й перейти до приємніших тем.

Останнє слово… ну, майже

— От і все!,— урочисто завершив Джеральд, допиваючи останній ковток пуншу, — закінчилася історія про посмертні пригоди Джека.

У кімнаті запанувала коротка тиша. А тоді, ніби прорвало греблю, здійнявся шум — люди потягнулися, захрустіла суглобами, задзвеніли келихи й горнята, залунали перешіптування, поки присутні переварювали абсурдність щойно почутої розповіді.

З далекого кута кімнати пролунав голос:

— Дядечку Джеральде! А звідки ти знаєш цю історію, якщо всі присяглися ніколи не розповідати правду про смерть Джека?

Джеральд хитро всміхнувся, в його очах заграли пустотливі іскорки. Він нахилився вперед, знижуючи голос, щоб заінтригувати всіх ще більше.

— Ах, це, — сказав він, лукаво нахиливши голову. — Це мій маленький секрет.

Він зробив паузу, дозволяючи напрузі повиснути в повітрі, скануючи поглядами кімнату, де всі завмерли в очікуванні. А тоді, з грайливою усмішкою, додав:

— А може… це ще не вся історія. Може, у цій справі було замішано більше людей, ніж розповідають? Але залишимо це на потім. До наступного року.

У кімнаті пролунав колективний стогін — наполовину обурений, наполовину розвеселений.

— Та ну, Джеральде! — обурився хтось.

Джеральд лише розсміявся, ліниво потягнувшись, наче й не залишив усіх на такому цікавому місці.

— Але досить про це! — вигукнув він, плеснувши в долоні. — Час іти на кухню! Сніданок чекає! І... Веселого Різдва всім!

Кінець першої книги.

Книги Олени Березовської

1. Мій шлях до істини. Березовська О.А. — 90 стор. Самовидав. Івано-Франківськ, Україна, 1996.

2. Интернет: Мифы и реальность заработка. Березовская Е.П. — 110 стр. Несколько онлайн-публикаций. Украина-Россия-Беларусь, 2000. (Ebook ISBN: 978-0-9867786-5-0)

3. Тысячиии… вопросов и ответов по гинекологии. Березовская Е.П. — 360 стр. Пресс-экспресс. Львов, Україна, 2008. (Print ISBN: 966-8360-08-7)

4. Ангел. Березовская Е.П. — 94 стр. Торонто, Канада, 2008. (Print ISBN: 978-1-997797-06-7, Ebook ISBN: 978-0-9867786-2-9)

5. День серебристого дождя. Березовская Е.П. — 107 стр. Торонто, Канада, 2008. (Ebook ISBN: 978-0-9867786-3-6)

6. Настольное пособие для беременных женщин. Березовская Е.П. — 400 стр. International Academy of Healthy Life. Канада-Украина, 2010. (Print ISBN: 978-0-9867786-1-2)

7. Подготовка к беременности. Березовская Е.П. — 200 стр. International Academy of Healthy Life. Канада-Украина, 2011. (Print ISBN: 978-0-9867786-0-5)

8. Гормонотерапия в акушерстве и гинекологии: иллюзии и реальность. Березовская Е.П. — 600 стр. International Academy of Healthy Life. Канада, 2013. (Ebook ISBN: 978-0-9867786-6-7)

9. 9 месяцев счастья. Настольное пособие для беременных женщин. Березовская Е.П. — 596 стр. ЭКСМО. Москва, Россия, 2015. (Print and Ebook ISBN: 978-5-699-80102-2)

10. Настільний посібник для вагітних. Березовська О.П. — 400 стор. Электронна версія. International Academy of

Healthy Life. Торонто, Канада, 2016. (Ebook ISBN: 978-0-9867786-1-2)

11. Підготовка до вагітності. Березовська О.П. — 205 стор. Электронна версія. International Academy of Healthy Life. Торонто, Канада, 2016. (Print ISBN: 978-0-9867786-0-5)

12. Посібник для вагітних. Березовська О.П. — 392 стор. Манускрипт. Львів, Україна, 2016. (Print ISBN: 978-966-2400-55-7)

13. 1000 вопросов и ответов по гинекологии. Березовская Е.П. — 432 стр. ЭКСМО. Москва, Россия, 2017. (Print and Ebook ISBN: 978-5-699-80101-5)

14. Дочки-матери: Все, о чем вам не рассказывала ваша мама и чему стоит научить свою дочь. Березовская Е.П. — 288 стр. ЭКСМО. Москва, Россия, 2018. (Print and Ebook ISBN: 978-5-04-090021-3)

15. 9 місяців щастя. Березовська О.П. — 576 стор. BookChef. Київ, Україна, 2018. (Print and Ebook ISBN: 978-617-7559-18-3)

16. 9 месяцев счастья (второе издание). Настольное пособие для беременных женщин. Березовская Е.П. — 596 стр. ЭКСМО. Москва, Россия, 2019. (Print and Ebook ISBN: 978-5-04-098981-2)

17. Это все гормоны! Березовская Е.П. — 410 стр. ЭКСМО. Москва, Россия, 2019. (Print and Ebook ISBN: 978-5-04-101870-2)

18. Малыш, ты скоро? Березовская Е.П. — 384 стр. ЭКСМО. Москва, Россия, 2019. (Print and Ebook ISBN: 978-5-04-103359-0)

19. Когда ты будешь готова. Березовская Е.П. — 348 стр. ЭКСМО. Москва, Россия, 2020. (Print and Ebook ISBN: 978-5-04-116932-9)

20. Здравствуй, малыш. Березовская Е.П. — 320 стр. ЭКСМО. Москва, Россия, 2021. (Print and Ebook ISBN 978-5-04-121120-2)

21. Педіатрія: у 3-х т. Т. 3: підручник для студ. вищих мед. навч. закладів IV рівня акред. Катілов О., Варзарь А., Валіуліс А., Дмитрієв Д., та ін. — 656 стор. Нова Книга. Вінниця, Україна, 2022. (Print ISBN: 978-966-382-931-9)

22. 9 місяців щастя. Посібник для вагітних (оновлене й доповнене видання). Березовська О.П. — 624 стор. BookChef. Київ, Україна, 2023. (Print and Ebook ISBN: 978-617-548-122-6)

23. Коли тобі 35+. Як завагітніти й народити дитину. Березовська О.П. — 256 стор. BookChef. Київ, Україна, 2023. (Print and Ebook ISBN: 978-617-548-124-0)

24. Когда тебе 35+. Как забеременеть и родить ребенка. Березовская Е.П. — 290 стр. International Academy of Healthy Life. Торонто, Канада, 2024. (Ebook ISBN: 978-0-9867786-7-4)

25. Angel. Olena Berezovska. — 256 p. International Academy of Healthy Life. Toronto, Canada, 2024. (Ebook ISBN: 978-0-9867786-8-1)

26. Ангел. Березовська О.П. — 270 стор. International Academy of Healthy Life. Торонто, Канада, 2024. (Print ISBN 978-0-9867786-9-8, Ebook ISBN 978-1-997797-00-5)

27. Grandma Lena's Bedtime Stories. Olena Berezovska. — 154 p. International Academy of Healthy Life. Toronto, Canada, 2024. (Print ISBN: 978-1-0691603-0-0)

28. Привіт, малюк! Як пройти четвертий триместр без турбот і хвилювань. Березовська О.П. — 290 стор. International Academy of Healthy Life. Торонто, Канада, 2024. (Print ISBN: 978-1-0691603-3-1)

29. Growing Up Strong: A Guide to Girls' Health and Well-Being. Olena Berezovska. — 422 p. International Academy of Healthy Life. Toronto, Canada, 2025. (Print ISBN: 978-1-0691603-4-8, Ebook ISBN: 978-1-0694544-6-1)

30. Вечірні казочки бабусі Олени. Березовська О.П. — 180 стор. International Academy of Healthy Life. Toronto, Canada, 2025 (Print ISBN: 978-1-0691603-1-7)

31. Вечерние сказки бабушки Лены. Березовская Е.П. — 172 стр. International Academy of Healthy Life. Toronto, Canada, 2025 (Ebook ISBN: 978-1-0691603-2-4).

32. The Curious Escapades of a Corpse Named Jack. Book 1. Olena Berezovska. — 190 p. International Academy of Healthy Life. Toronto, Canada, 2025 (Print ISBN: 978-1-0691603-5-5, Ebook ISBN: 978-1-997797-02-9)

33. Основи здоров'я дівчаток: Практичний путівник для батьків. Березовська О. — 570 стор. International Academy of Healthy Life. Toronto, Canada, 2025 (Print ISBN: 978-1-0691603-6-2, Ebook ISBN: 978-1-0694544-7-8)

34. The Curious Escapades of a Corpse Named Jack. Book 2. Olena Berezovska. — 112 p. International Academy of Healthy Life. Toronto, Canada, 2025 (Print ISBN: 978-1-0691603-7-9, Ebook ISBN: 978-1-997797-03-6)

35. Hormonal Intelligence: How Hormones Shape Health and Well-being. Olena Berezovska. — 478 p. International Academy of Healthy Life. Toronto, Canada, 2025 (Print ISBN: 978-1-0691603-8-6, Ebook ISBN: 978-1-0694544-4-7)

36. Все про гормони: Таємна мова вашого тіла. Олена Березовська. — 460 с. International Academy of Healthy Life. Торонто, Канада, 2025 (Print ISBN: 978-1-0691603-9-3, Ebook ISBN: 978-1-0694544-5-4)

37. Дивовижні пригоди трупа на ім'я Джек: Книга 1. Олена Березовська. — 175 с. International Academy of Healthy

Life. Торонто, Канада, 2025 (Print ISBN: 978-1-0694544-0-9, Ebook ISBN: 978-1-997797-04-3)

38. Підготовка до вагітності: Посібник з усвідомленого батьківства. Олена Березовська. — 468 с. International Academy of Healthy Life. Торонто, Канада, 25 травня 2025 (Print ISBN: 978-1-0694544-41-6, Ebook ISBN: 978-1-0694544-8-5)

39. DIY Bestseller: How to Write, Publish, and Market Your Book in the AI Era. Olena Berezovska. — 432 p. International Academy of Healthy Life. Toronto, Canada, 2025. (Print ISBN: 978-1-0694544-2-3, Ebook ISBN: 978-1-997797-01-2)

40. Mind Over Muscle: A Journal for Teen Athletes. Olena Berezovska. — 58 p. International Academy of Healthy Life. Toronto, Canada, 2025. (Print ISBN: 978-1-0694544-3-0, Ebook ISBN: 978-1-0694544-3-0)

41. Kopf schlägt Muskeln: Ein Journal für jugendliche Athleten. Olena Berezovska. — 58 p. International Academy of Healthy Life. Toronto, Canada, 2025. (Print ISBN: 978-1-997797-07-4 , Ebook ISBN: 979-8-231304-94-3)

42. After Delivery: A Doctor's Guide to Postpartum Healing and Recovery. Olena Berezovska. – 400 p. International Academy of Healthy Life. Toronto, Canada, 2025 (Print ISBN: 978-1-997797-08-1, Ebook ISBN: 978-1-997797-09-8)

43. Дивовижні пригоди трупа на ім'я Джек: Книга 2. Олена Березовська. — 123 с. International Academy of Healthy Life. Торонто, Канада, 2025 (Print ISBN: 978-1-997797-12-8)

44. DIY Bestseller: Как написать, издать и продвинуть свою книгу в эпоху искусственного интеллекта. Olena Berezovska. — 432 p. International Academy of Healthy Life. Toronto, Canada, 2025. (Print ISBN: 978-1-997797-13-5)

www.ingramcontent.com/pod-product-compliance
Lightning Source LLC
Chambersburg PA
CBHW011434170626
46808CB00010B/3162